*DANS CETTE COLLECTION*
*paraissent les romans*
*des meilleurs auteurs français et étrangers :*

AGATHA CHRISTIE
RAY LASUYE
FRANCIS DIDELOT
GEORGE BELLAIRS
JOHN CASSELLS
FRANCIS DURBRIDGE
R. L. GOLDMAN
MICHAEL HALLIDAY
RUFUS KING
MICHAEL LOGGAN
E. C. R. LORAC
STEPHEN RANSOME
COLIN ROBERTSON
DOROTHY SAYERS
PATRICIA WENTWORTH
JOHN STEPHEN STRANGE
etc...

ENVOI DU CATALOGUE COMPLET SUR DEMANDE

# L'INSPECTEUR MOURRA SEUL

ŒUVRES D'EXBRAYAT
à la LIBRAIRIE DES CHAMPS-ÉLYSÉES
parues dans la collection « *LE MASQUE* »

ELLE AVAIT TROP DE MÉMOIRE
LA NUIT DE SANTA CRUZ
VOUS SOUVENEZ-VOUS DE PACO?
(Prix du Roman d'Aventures 1958)
CE MORT QUE NUL N'AIMAIT
L'INSPECTEUR MOURRA SEUL
NE VOUS FACHEZ PAS IMOGÈNE
CHEWING-GUM ET SPAGHETTI
AMOUR ET SPARADRAP
AIMEZ-VOUS LA PIZZA?
IMOGÈNE EST DE RETOUR
AVANTI LA MUSICA
CES DEMOISELLES IMPRUDENTES
LES BLONDES ET PAPA
MÉFIE-TOI GONE
LE QUADRILLE DE BOLOGNE
ENCORE VOUS IMOGÈNE
UNE RAVISSANTE IDIOTE
DORS TRANQUILLE KATHERINE
LE TEMPS SE GATE A ZAKOPANE
ESPION OU ES-TU M'ENTENDS-TU?
LE PLUS BEAU DES BERSAGLIERS
OLE... TORERO
LES FILLES DE FOLIGNAZZARO
LES DOUCEURS PROVINCIALES
IMOGÈNE VOUS ÊTES IMPOSSIBLE
QUEL GACHIS INSPECTEUR
ET QU'CA SAUTE
ON SE REVERRA, PETITE
LA HONTE DE LA FAMILLE
LES MESSIEURS DE DELFT
BARTHÉLÉMY ET SA COLÈRE
JOYEUX NOEL TONY
MANDOLINES ET BARBOUZES
VOUS MANQUEZ DE TENUE ARCHIBALD
LE COLONEL EST RETOURNÉ CHEZ LUI
CHIANTI ET COCA COLA
LES DAMES DU CREUSOT
PLAIES ET BOSSES
UNE BRUNE AUX YEUX BLEUS

Parus dans *LE LIVRE DE POCHE*

LA NUIT DE SANTA CRUZ
OLE... TORERO

Parus dans le *CLUB DES MASQUES*.

VOUS SOUVENEZ-VOUS DE PACO?
CHEWING-GUM ET SPAGHETTI

CHARLES EXBRAYAT
(LAURÉAT DU GRAND PRIX DU ROMAN D'AVENTURES 1958)

# L'INSPECTEUR MOURRA SEUL

PARIS
LIBRAIRIE DES CHAMPS-ÉLYSÉES
17, RUE DE MARIGNAN

## NOTE DE L'ÉDITEUR

*Les volumes de la collection sont imprimés en très grande série.*

*Un incident technique peut se produire en cours de fabrication et il est possible qu'un livre souffre d'une imperfection qui a pu échapper aux services de contrôle.*

*Dans ce cas, il ne faut pas hésiter à nous le renvoyer. Il sera immédiatement échangé.*

*Les frais de port seront remboursés.*

# PROLOGUE

Le téléphone sonna et l'inspecteur Otto Hübner tendit la main pour décrocher le récepteur. Instinctivement, il regarda la pendule, qui marquait deux heures du matin, puis son collègue Helmut Schwenke.

— Allô !... Oui... C'est vous, Bäker ?... Une tuile ?... Bon, nous arrivons, Schwenke et moi...

Se tournant vers l'inspecteur, Hübner soupira :

— Debout ! mon vieil Helmut, nous allons faire les guignols pour justifier les traitements somptuaires que nous dilapidons en passant nos nuits sur les fauteuils du commissariat... Qui est de service ?

Il s'approcha d'un tableau accroché au mur et le consulta rapidement :

— C'est Meschke... Tant mieux, il conduit bien !

Les deux policiers sortirent, montèrent dans la voiture de service qui les attendait devant la porte avec deux agents en uniforme sur la banquette avant.

— Pinnasbergstrasse, Meschke... et vous, Schünemann, tâchez d'entrer en contact avec Bäker qui nous attend...

Ayant dit, Otto se renfonça sur le siège tout en expliquant à Schwenke :

— Des truands qui règlent leur compte entre eux... Pas la peine de se presser, plus nous en ramasserons sur le carreau, mieux ça vaudra. J'ai donné l'ordre à Bäker de ne pas intervenir. Il surveille ces gars qui n'en ont pas encore assez de la guerre et des armes à feu...

Helmut savait ce que la guerre avait coûté à Otto et il se contenta de poser la main sur son avant-bras pour le calmer. Hübner sourit à son camarade.

— Plus que six mois, Helmut, et ça sera fini pour nous cette existence de maboul ! On va pouvoir se retirer à la campagne et crever correctement de faim comme il sied à de bons soldats de la Wehrmacht qui ont eu le mauvais goût de ne pas se faire tuer avec la plupart de leurs camarades !

— Allons, Otto, ne sois pas tout le temps si amer !

— Tu voudrais peut-être que je chante les douceurs de la vie pour un flic usé jusqu'à la corde et qui a perdu sa femme, ses gosses et sa foi dans son pays ?

— Tais-toi ! Si l'on t'entendait...

— Je m'en fous !

Schwenke avait pitié de son collègue, mais il le craignait ou, mieux, il redoutait son aigreur latente qui démoralisait tous ceux travaillant à ses côtés. La foule qui, dans ce quartier de Hambourg, vit essentiellement la nuit, s'était massée à l'entrée de la Pinnasbergstrasse, là où elle débouche dans la Seestrasse. Une voiture de police la maintenait en dehors du cadre des opérations. On entendait quelques rafales de mitraillettes. La voiture des inspecteurs se fraya un passage parmi ces amateurs d'émotions fortes. Les policiers sautèrent du véhicule, l'arme au poing. Les reconnaissant, un agent leur annonça que l'histoire semblait terminée et que les vainqueurs allaient être cueillis de l'autre côté par la voiture les guettant à l'extrémité de la Pinnasbergstrasse, sur la Hein-Kölisch Platz. Tout d'un coup, on entendit le rugissement d'un moteur poussé au maximum et, d'un seul élan, l'assistance se partagea en deux groupes de fuyards qui, s'écartant, laissèrent un passage libre. Isolés dans ce vide subit, les policiers virent la voiture des truands qui, déjouant les prévisions, fonçait sur eux et sur la foule au lieu de se diriger vers l'espace apparemment dégagé de la Hein-Kölisch Platz. Les inspecteurs et les agents se jetèrent au sol mais Meschke, surpris, n'eut pas le temps d'esquiver et, frappé par l'aile de la puissante Mercédès, fut projeté à quelques mètres de là. Déjà, Schwenke s'était relevé et donnait ses ordres tout en grimpant au volant de son auto :

— Schünemann, occupe-toi de Meschke avec Bäker. Amène-toi, Otto, nous allons nous occuper de ces salauds !

Les inspecteurs repérèrent le feu rouge de la Mercédès au moment où elle tournait pour suivre le quai. Les deux autos, à pleine vitesse, remontèrent jusqu'au Baumwall. La Mercédès vira pour emprunter le pont dans l'espoir de se perdre parmi les wharfs du port, mais Otto était chez lui dans le dédale des installations portuaires. La course folle dura jusqu'au moment où les poursuivis, prenant un virage trop brutalement, furent déportés et leur voiture alla heurter une bitte d'amarrage contre laquelle elle s'immobilisa. Deux hommes en jaillirent et s'enfuirent à toutes jambes dans la Gaswerkstrasse qui se termine en cul-de-sac. L'auto des policiers les rejoignait lorsque, se tournant, ils firent feu. Helmut s'arrêta. Avec son collègue, ils virent les fugitifs se glisser derrière une rangée de fûts de pétrole.

— Ils sont cuits, Otto. Il leur faudrait plonger dans le port, maintenant, pour nous échapper... On y va ?

— Je ne sais pas...

— Qu'est-ce que tu veux dire ?

— Et si on leur donnait leur chance ? Qui saurait que nous les avons rattrapés ?

— Mais... Pourquoi ?

— Pas envie de les démolir.

— Ils se laisseraient peut-être prendre ?

— Ça m'étonnerait...

— Alors, tant pis pour eux !

Hübner ricana :

— Le devoir, hein ? Mais, bon Dieu ! Ces gars-là n'ont pas fait autre chose que ce que nous avons fait pendant cinq ans et nous, on nous a collé des médailles !

— Ça va, Otto... Je te laisse avec tes scrupules ; je coincerai ces voyous tout seul.

Otto poussa un soupir.

— Ce que tu peux m'embêter, toi ! Reste là, tu as une femme et un fils... S'il y en a un qui doit être démoli, il vaut mieux que ce soit moi. Tu prononceras un beau discours sur ma tombe comme je te connais...

Avant que Schwenke ait pu le retenir, Hübner, mitraillette au poing, se coula hors de la voiture et fila vers les fûts de pétrole. A son tour, Helmut sortit et, pour distraire l'attention des tueurs, se porta rapidement dans la direction opposée à celle prise par son camarade, puis commença à tirer au-dessus de l'abri où les autres se dissimulaient. La réplique ne se fit pas attendre et, caché derrière la carcasse métallique d'une chaudière, Schwenke écoutait siffler les balles comme autrefois, à Voronej... Un silence subit succéda au vacarme. Helmut tira de nouveau et on lui répondit. Soudain, il reconnut le tic-tac rageur de l'arme d'Hübner. Encore le silence. Schwenke ne savait plus trop quoi faire, ne voulant pas risquer d'atteindre son ami, lorsque ce dernier surgit près de lui.

— C'est fini, Helmut... On peut filer... D'ailleurs, voici les collègues qui rappliquent...

Les policiers du port arrivaient dans leurs voitures. Hübner leur expliqua la situation en quelques mots et, leur cédant la place, regrimpa dans son auto avec Schwenke pour regagner la Reeperbahn. Pendant le trajet, les deux hommes n'échangèrent pas un mot. Ce ne fut qu'au moment où, quittant la Davidstrasse, ils viraient dans la Reeperbahn, qu'Otto dit :

— Ils n'avaient pas trente ans, ces deux imbéciles.

Le matin n'était pas loin lorsque les inspecteurs,

leur rapport terminé, purent songer à rentrer chez eux. Au moment de se quitter, Schwenke demanda :

— Tu m'en veux, Otto ?

— Tu es fou ? On a fait notre métier... et si ce métier me dégoûte, ce n'est ni de ta faute, ni de la mienne...

— Si on n'avait pas le métier, vieux, qu'est-ce qui nous resterait ?

— Mon pauvre Helmut, il n'y a que toi pour croire qu'il nous reste encore quelque chose ! Mets-toi donc dans la tête, une fois pour toutes, que nous sommes seuls, que nous resterons seuls jusqu'à ce que l'heure soit venue de crever seuls...

Schwenke serra la main de son camarade et s'éloigna sans répondre. Les réflexions d'Otto correspondaient trop bien à son propre tourment pour qu'il éprouvât l'envie d'en discuter.

# CHAPITRE PREMIER

Bien que la guerre fût terminée depuis treize ans, qu'il ait eu la chance de n'avoir pas été fait prisonnier grâce à une convalescence le retenant dans sa ville natale de Hambourg à l'heure de la défaite de son pays, quoique cette même chance ait voulu que sa femme échappe aux terribles bombardements de la R. A. F., que son fils eût vu les hostilités s'arrêter au moment même où il devait revêtir l'uniforme en sortant de la Hitlerjugend, que sa petite maison banlieusarde de Dorfkrug eût été épargnée par les bombes, l'inspecteur Helmut Schwenke n'avait plus beaucoup le goût de vivre. A cinquante-cinq ans, il se sentait terriblement vieux. Homme paisible qui, avant le conflit mondial, se tenait à l'écart de la politique active, se contentant de faire son métier avec application, Schwenke se garda, à l'encontre de ses collègues, de passer dans la police politique où l'avancement était rapide, si bien que la paix revenue il retrouva tout naturellement une place que nul ne songeait à lui refuser. Mais Helmut avait laissé l'amour de son métier quelque part du côté de Voronej. Pourtant, il s'astreignait à le faire quand même, sans défaillance, sachant bien que s'il se laissait aller au découragement, s'il permettait à ses convictions de prendre le pas sur son devoir, il reconnaîtrait officiellement sa propre défaite et, de plus, n'aurait aucune chance d'obtenir le sursis demandé afin de reculer l'heure de sa retraite qui sonnerait dans six mois.

L'inspecteur Schwenke ne s'ouvrait jamais de ses sentiments profonds à qui que ce fût, de crainte de n'être pas compris. Ses jeunes collègues le prenaient pour un demi-vieillard sentimental et morose, incapable de s'adapter au monde nouveau qui naissait des ruines. Ses chefs le supportaient difficilement avec ses habitudes datant d'une autre époque. Seul, son camarade de promotion, Otto Hübner — réchappé lui aussi des grands massacres — aurait pu être son confident, mais ayant perdu ses enfants dans le premier bombardement de Hambourg, sa femme l'ayant abandonné, Otto était devenu d'une misanthropie agressive. Pour l'inspecteur Hübner, le monde s'affirmait un immense cloaque où, comme les autres, il pataugeait, mais lui, sans illusion. Il faisait partie de ceux dont, avec Helmut Schwenke, le commissaire Rolf Gehrard, leur chef, souhaitait se débarrasser au plus vite. Malheureusement, Otto et Helmut étaient d'anciens combattants envers qui la République de Bonn se sentait des obligations et Gehrard craignait que la demande d'Helmut visant à reculer de deux ans sa mise à la retraite soit acceptée en dépit du rapport pas très élogieux de son supérieur. Trop hargneux pour solliciter quoi que ce soit, Otto Hübner allait partir cette année, regretté de personne.

Helmut aimait beaucoup sa femme Adda, une Lübeckoise épousée trente et un ans plus tôt. Elle s'était toujours montrée une excellente épouse et une mère attentive. Pourtant, lorsque l'inspecteur revint à la vie civile, il trouva Adda changée. Elle semblait lui en vouloir des souffrances endurées pendant la guerre. Dans son ressentiment, elle confondait son mari avec tous les hommes de sa génération qui, par leur veulerie ou leur complicité, permirent les abominations infligées à la vieille patrie allemande. Schwenke ne trouvait pas beaucoup de réconfort auprès de son fils unique, Rudolf, qui, à vingt-neuf ans, considérait l'auteur de ses jours comme un bon à rien, un survivant d'un âge révolu qui aurait voulu que le cadre familial demeurât ce qu'il était sous Guillaume II. Rudolf avait durement lutté pour vivre et, à force de courage, d'obstination, il était parvenu à acquérir une situation solide dans une grande usine de produits laitiers. Détaché du passé, il ne songeait qu'à l'avenir où son père n'apparaissait plus. Durci par une jeunesse sans joie, Rudolf ne tentait aucun effort pour essayer de combler le fossé, chaque jour plus profond, qui le séparait d'Helmut. Il rendait son père responsable de la défaite de l'Allemagne et de ses conséquences. Les deux hommes, bien que vivant sous le même toit, ne s'adressaient guère la parole et chaque fois qu'une discussion les dressait l'un contre l'autre, Adda se rangeait du côté de son fils.

Rudolf était fiancé depuis trois ans à Ilse, une employée de la maison où il travaillait. Au début, Helmut accueillit la fiancée de son fils comme sa propre fille, mais très vite il se rendit compte qu'avec celle-là aussi, il n'y avait pas de contact possible. Froide, dure, loyale, Ilse — ayant engagé sa foi à Rudolf — attendait patiemment que la situation du garçon leur permît de convoler en justes noces. Elle prenait tous ses repas chez les Schwenke et le mariage célébré n'apporterait pas grand changement dans les habitudes respectives des membres de la maisonnée sauf que Rudolf et Ilse s'en iraient occuper un petit logement de deux pièces que le fils d'Helmut avait pu obtenir à Altona, près de son usine, grâce à l'appui des puissants patrons. Schwenke ne voyait pas sans angoisse venir le moment très proche (son fils venait d'être nommé sous-chef de service) où les deux jeunes gens quitteraient la vieille maison de Dorfkrug. Il craignait de rester seul avec Adda.

Helmut supportait l'indifférence de sa femme, l'hostilité latente de Rudolf, l'agressivité d'Ilse qui le croyait un ennemi de celui qu'elle aimait, parce qu'il éprouvait une peur panique de la solitude depuis qu'il avait failli périr de sa blessure sur le champ de bataille de Voronej où, ayant repris conscience, il s'était réveillé parmi les morts. Jusqu'à sa fin dernière, l'inspecteur Schwenke se souviendrait des heures interminables passées dans la neige dont il ne sentait plus l'implacable morsure, hanté par la perspective de mourir seul. Même la douleur de ses plaies s'estompait dans sa mémoire quand il repensait à ces moments-là. Il ne restait que le vertige de la peur hagarde qui le faisait hurler dans l'espoir animal de susciter une réponse humaine, qu'elle fût ennemie ou amie. Là-bas, dans l'Est, pendant cette longue agonie, Helmut, repensant à son foyer, à Adda, à Rudolf, s'était juré que s'il avait la chance de les revoir, de connaître à nouveau la douceur d'une maison habitée, rien ni personne ne pourrait jamais la lui faire abandonner. Alertés par ses cris, des brancardiers allemands le retrouvèrent et cette blessure aux jambes qui faillit provoquer sa perte, fut cause de son retour à Hambourg où il resta jusqu'au terme du conflit. Longtemps, il dut marcher avec des cannes pour se rendre à un travail de bureau qui l'ennuyait. Depuis cinq ans, ses forces d'autrefois récupérées, il était revenu au service actif, mais il lui avait fallu accepter un poste d'inspecteur là où ses collègues ambitieux ne tenaient pas à se rendre, dans le quartier de Saint-Pauli, parmi les prostituées, les mauvais garçons et les matelots en bordée.

Plusieurs fois, Helmut tenta de s'ouvrir à sa femme de ce qu'il ressentait, de lui demander les raisons de son changement à son égard, de lui expliquer en quoi Rudolf n'agissait pas bien envers lui. En vain. Adda écoutait avec une sorte de petit sourire d'incrédulité et se contentait de lui demander s'il voulait une infusion calmante.

Ce samedi soir, rentrant de Dorfkrug où il avait

dîné avec les siens, ignorés d'eux, Schwenke regagnait son commissariat de la Reeperbahn. Il marchait à pas lents, les mains dans les poches de son pardessus, ne prêtant pas attention à la foule joyeuse au milieu de laquelle il avançait et où il se sentait parfaitement étranger.

— Monsieur Schwenke ?

Helmut n'eut pas besoin de se retourner pour deviner qui l'appelait. Seule, Annelore avait cette voix fraîche et joyeuse. C'était, en effet, Annelore qui, rattrapant le policier, le prenait par le bras.

— Etes-vous si pressé, monsieur l'inspecteur ?

Il y avait quelque temps qu'Helmut n'avait vu Annelore et, sur le moment, il prit plaisir à la contempler. Etait-ce possible que cette pauvre gosse ramassée jadis dans Saint-Pauli fût devenue cette fille éblouissante dont le charme tenait à la régularité des traits, aux grands yeux couleur noisette qu'ombrageaient des boucles brunes ? On eût dit une beauté italienne et l'on était tout étonné de l'entendre parler allemand. Pour masquer son émotion, Schwenke prit une grosse voix :

— D'abord, qu'est-ce que tu fabriques dans la Reeperbahn ?

— Vous savez bien que j'habite à quelques pas d'ici ? Je suis venue pour manger une saucisse. Voulez-vous me permettre de vous en offrir une ?

— Mais je sors de table !

— Pour me faire plaisir ? Et puis, j'ai tant de choses à vous raconter !

Schwenke hésita, regarda sa montre. Il avait encore

un bon quart d'heure devant lui et aimait bien Annelore... A son tour, il la prit par le bras et l'emmena chez Buck réputé comme vendant la meilleure charcuterie de Saint-Pauli. Tandis qu'ils se frayaient un passage parmi les consommateurs, Helmut pensait à sa jeune compagne qu'il considérait un peu comme sa fille depuis qu'il l'avait sauvée. Deux années plus tôt, l'inspecteur avait été amené à interroger cette gosse prise dans une rafle alors qu'elle transportait dans son sac des sachets d'héroïne. Elle avait juré qu'elle ignorait tout de la drogue et que, pour obéir aux ordres de son ami, elle portait ce paquet au portier d'un établissement dont elle ne fit aucune difficulté pour donner le nom. Schwenke la crut. Resté seul avec elle, il écouta la pitoyable confession. Le père et la mère d'Annelore étaient morts dans un bombardement d'Hambourg. Orpheline, elle se vit confiée à une institution qui, à seize ans, l'avait placée en qualité de bonne à tout faire. Au bout de deux ou trois ans, Annelore en eut assez, son caractère entier ne supportant pas d'être commandé à longueur de journée. Elle avait fait de nombreuses places avant d'atteindre sa vingtième année et tendait à devenir un petit animal méchant et sans cœur lorsqu'un dimanche, au Volkspark, elle fit la connaissance d'un beau garçon, Hans Kliemann qui sut l'enjôler assez pour qu'elle acceptât de devenir sa maîtresse. Il lui avait raconté qu'il était représentant de commerce. En vérité, il vivait d'expédients dont le trafic de la drogue sur une petite échelle car c'était un médiocre. Mais, Annelore croyait l'aimer car il était le premier qui s'intéressait à elle. Elle ne comprenait pas très bien de quelle source venait l'argent du ménage, mais heureuse de se sentir libre, elle ne se souciait guère d'en savoir davantage. Ceux à qui elle remettait les paquets que lui confiait Kliemann ne lui donnaient jamais d'argent en échange.

Helmut avait écouté la pauvre histoire et une grande pitié l'avait bouleversé pour cette gosse qui, comme lui, comme Adda, comme tant d'autres, était une victime de la guerre. Pour l'effrayer, il avait pris une voix rude :

— Espèce d'imbécile, est-ce que tu comprends maintenant ce que c'est que ton Kliemann ?

— Oui. Oh ! oui, monsieur...

— Il a déjà un casier judiciaire chargé ton homme, mon petit, et nous allons le retirer du circuit pour un bout de temps... Où est-ce qu'il perche ?

— A l'hôtel des *Rois Mages*, dans la Chemnitz Strasse. J'y ai mes affaires, mais si je retourne les chercher...

— Ecoute-moi bien, Annelore Erben, je vais te donner un coup de main, mais je t'avertis, c'est la première et la dernière fois. Si tu es décidée à redevenir une fille propre, nous serons copains ; sinon, je te jure que je te repincerai !

— Non... Non... Non !

— Ça te dirait de devenir vendeuse dans un grand magasin ?

— J'aimerais bien, mais...

— Tais-toi ! Attends-moi ici pendant que je règle le sort du sieur Hans Kliemann. A mon retour, je t'accompagnerai à l'hôtel pour prendre tes valises et tu iras coucher dans une maison décente. Demain matin, rendez-vous à onze heures. Je t'aurai trouvé la place qui te convient, mais rappelle-toi : c'est ton unique chance de ne pas finir dans la saloperie et à l'hôpital. A toi de ne pas la démolir !

Laissant Annelore en larmes dans son bureau, Schwenke avait appelé Walter Sorge, un colosse taciturne qui ne parlait à personne depuis le jour où sa fille était morte dans un asile par la faute de la drogue. Sorge partageait la haine forcenée d'Helmut pour les trafiquants et, par crainte d'accident grave, on évitait, le cas échéant, d'utiliser ses services quand il s'agissait d'arrêter un de ces messieurs.

Walter et Helmut — bien que le premier fût un simple flic et le second un inspecteur — se comprenaient fort bien. Au moment de pénétrer dans l'hôtel où logeait Hans Kliemann, Sorge bougonna :

— Ce genre de voyou n'a rien dans le ventre... Il ne résistera sûrement pas. Dommage...

— Qui sait, Walter ?

Lorsque Kliemann se trouva en présence des policiers, il marqua un instant de panique, puis tenta de crâner :

— Qu'est-ce qui me vaut le plaisir de votre visite, messieurs ?

— Tu connais Annelore Erben ?

Hans comprit qu'il valait mieux ne pas jouer au plus fin.

— C'est ma petite amie.

— Où est-elle ?

— Au cinéma, je pense.

— Tu penses mal, elle se trouve dans mon bureau.

— Vous l'avez arrêtée ?

— Exactement.

— Pourquoi ?

— La drogue.

— La garce !

Kliemann vacilla sous la gifle qu'Helmut lui assenait à toute volée. Il se ramassa ensuite sur lui-même, prêt à sauter sur l'inspecteur, mais le regard de Sorge l'arrêta. Il avait des yeux de tueur, ce flic.

— Tu ne t'en doutais pas, hein ?

— Non.

Une seconde gifle ne prit pas Kliemann au dépourvu. Il amortit le choc en laissant aller sa tête.

— Je vous rappelle que vous n'avez pas le droit de me frapper, monsieur l'inspecteur.

— Excuse-moi, je ne m'en souvenais plus... Annelore n'est pas majeure.

— D'accord, mais je ne peux pas la surveiller du matin au soir. Elle doit avoir le vice dans la peau, cette fille !

Ce qui se passa alors stupéfia tellement Hans qu'il mit un temps à comprendre et quand il comprit, c'était trop tard. A toute volée, Helmut frappa Sorge d'un coup de poing à la figure. L'agent s'écroula contre le mur en portant la main à sa joue fendue dont le sang ruisselait. Hébété, il contemplait Schwenke, se demandant s'il était devenu fou. Mais ce dernier souriait en disant doucement :

— Walter... est-ce que vous permettrez qu'un marchand de drogue vous cogne dessus sans le lui faire payer ?

Le flic resta encore une seconde bouche bée, puis ayant réalisé, il éclata d'un rire sonore qui donna la chair de poule à Kliemann. Le garçon devina ce qui allait arriver et il commença à crier. Mais Sorge n'était pas homme à se laisser arrêter par des cris et il entreprit de frapper avec joie d'abord, avec rage ensuite en pensant à sa fille. Helmut intervint à temps pour empêcher Walter de tuer Hans. Lorsque l'ambulance alertée se présenta pour emmener le blessé, il n'avait plus de figure. On le descendit sur une civière et il fallut attendre le matin pour être certain qu'il en réchapperait. Si Walter avait été seul, l'affaire aurait pu entraîner de graves conséquences pour lui, mais, d'une part, la présence de Schwenke, d'autre part le rapport de celui-ci sur Kliemann rédigé en termes tels firent que Sorge se vit félicité pour avoir mis à la raison un voyou prêt à tuer. Hans écopa deux ans de prison et Helmut n'éprouva jamais l'ombre d'un remords. Annelore, placée dans un des grands magasins de Menckeberstrasse, donna toute satisfaction et Schwenke tira une grande joie de ce sauvetage. Il rencontrait souvent la jeune femme qui s'était complètement transformée et si elle demeurait encore à Saint-Pauli, c'est qu'elle ne parvenait pas à trouver, dans les quartiers plus bourgeois, un logement qui convînt à son maigre salaire. Un moment, elle avait espéré se marier avec le fils d'un armateur, mais les choses ne s'étaient pas arrangées et le policier —

pris pour confident — en avait éprouvé plus de déception qu'elle.

Helmut et Annelore réussirent à dénicher une petite table. Ils commandèrent des saucisses et de la bière. Ils commencèrent par manger en silence. La petite avait faim et elle dévorait avec tellement d'appétit que l'inspecteur ne put s'empêcher de rire.

— On dirait, ma parole, que tu n'as pas mangé depuis huit jours !

Elle s'essuya les doigts à sa serviette en papier avant de répondre :

— C'est que je mange pour deux !

— Qu'est-ce que tu me chantes là ?

— J'attends un bébé, monsieur Schwenke !

— Hein ?

— Oui, un bébé, et si c'est un garçon, je l'appellerai Helmut !

— Tu es folle ou quoi ? Alors, ça ne t'a pas suffi de...

— Mais quel mal y a-t-il à avoir un bébé ?

— Quand on est marié, d'accord !

— Je vais me marier, monsieur Schwenke...

Soupçonneux, il l'examina :

— C'est vrai, cette histoire ? Tu ne t'es pas encore laissée embobiner ?

— Non... Il s'appelle Joachim... Joachim Rescher, et il est ingénieur chez Unilever.

— Tu le connais depuis longtemps ?

— Six mois à peu près.

— Et tu es sûre qu'il t'épousera ?

— Il me l'a juré aujourd'hui au restaurant du parc Hagenbeck... quand il a su que j'étais enceinte... Même que cela lui a donné un tel coup qu'il a renversé son demi et qu'il a fallu appeler la servante Grete pour essuyer la bière qui coulait sur son costume !

Elle rit à ce souvenir comme une gosse heureuse avant d'ajouter :

— Nous avons rendez-vous demain après-midi pour nous promener sur l'Aussenalter... Nous devons fixer la date de notre mariage... Vous y viendrez, n'est-ce pas ?

— Bien sûr... Quoi qu'il ne sera peut-être pas très content de compter un flic parmi ses invités ?

— Oh ! on ne sera que tous les deux avec vous. Il est comme moi, il n'a pas de parents et puis, il sait ce que vous avez fait pour moi...

— Tu as osé lui dire... ?

— Je voulais que tout soit bien clair entre nous.

— Et il t'épouse quand même ?

— Il m'a déclaré que ce n'était pas de ma faute, mais de la faute de la guerre...

— Je crois que tu es bien tombée, Annelore. J'espère que cette fois, tu auras plus de chance qu'avec ton ancien fiancé ?

— Je l'espère aussi et même j'en suis sûre... Ce n'est pas que ce pauvre Mathias soit un mauvais garçon, mais quand je lui ai révélé mes aventures avec Kliemann, tout ce qu'il y avait de bourgeois en lui s'est révolté... J'ai bien compris que ce n'était pas possible entre nous deux et que même s'il tenait assez à moi pour essayer d'oublier mon passé, il n'y parviendrait pas... Nous aurions été malheureux l'un et l'autre. Il n'empêche que demain, lorsque Joachim aura tout décidé, je lui téléphonerai pour lui annoncer ce qui m'arrive !

— En voilà une idée !

— Je veux lui montrer que je n'avais pas besoin de lui pour me tirer d'affaire et j'espère qu'il sera furieux... Notez bien que s'il avait été moins snob, ce pauvre Mathias, il aurait fait un bon mari... Je l'aimais bien vous savez... Quand nous nous sommes séparés, j'ai failli me flanquer à l'eau et sans Fritz Rohr...

— Fritz Rohr ? D'où sort-il celui-là ?

— C'est mon chef de rayon.

— Regarde-moi, toi... Seulement ton chef de rayon ?

— Mon amant aussi... Je l'ai rencontré juste quand il fallait pour que je puisse l'écouter... Je me sentais tellement dégoûtée de tout ! Je croyais que je n'en sortirais jamais !

— Tu ne m'avais pas raconté ça ?

— Je craignais que vous ne me grondiez... et puis je n'étais pas si fière de moi.

— Et où se place ton Joachim dans l'affaire ?

— Lui, c'est autre chose... Vous comprenez, Fritz, c'est plutôt un ami... tandis que Joachim, je l'aime...

— Tu as renvoyé ce Fritz, j'imagine ?

— Pas encore...

— Annelore, j'ai honte de toi !

— Tant que je ne serai pas complètement certaine que Joachim veut bien de moi pour femme légitime, je n'ai pas de raison de rompre avec Fritz. A lui aussi, je téléphonerai demain si tout va bien...

— En somme, ce dimanche sera le moment de la grande lessive.

— Oui.

— Et tu ne redoutes pas qu'un jour ou l'autre, Joachim te reproche ton passé ?

Insouciante, elle haussa les épaules :

— Mais non, j'agirai de mon mieux pour le rendre heureux et il oubliera.

— Je l'espère pour toi.

— Et puis, je lui serai fidèle.

— Tu n'as pas été tellement fidèle aux autres, hein ?

— Vous êtes méchant...

— Alors, explique-moi pourquoi ton Fritz ne t'a pas proposé de t'épouser ? Toujours à cause de tes confidences ?

— Oh ! non... Lui, c'est parce qu'il est marié et père de famille.

— Bravo ! Annelore, bravo ! Et moi qui t'imaginais devenue une brave petite femme sérieuse !

Elle se mit à pleurer en silence et Helmut s'en voulut de sa sévérité.

— On voit bien que vous n'avez jamais été seul, vous !

— Qu'en sais-tu ?

Voilà. Elle venait de prononcer l'unique mot qui pouvait encore la rapprocher de lui et lui permettre de la comprendre, de lui pardonner. La solitude ? Il savait ce que c'était, l'inspecteur Helmut Schwenke, et il avait tout accepté d'Adda pourvu qu'elle ne s'en allât pas. Oui, il comprenait Annelore et il excusait ses faiblesses. C'était sa solitude qui l'avait poussée dans les bras de Hans Kliemann et dans ceux de ce Fritz Rohr, et c'était encore la solitude qui l'avait engagée à écouter Joachim Rescher... Il fallait espérer que maintenant la certitude de n'être plus jamais seule lui permettrait de retrouver son équilibre. A travers la table, il lui prit la main :

— Ne pleure plus, Annelore. Ton Joachim est aussi au courant pour ce Fritz Rohr et ton ex-fiancé ?

— Oui.

— Tu as été courageuse, c'est bien... courageuse, mais imprudente. Cela aurait pu très mal tourner pour toi.

— Pas avec Joachim...

Ils se turent, perdus dans leurs pensées. Elle, tout entière tournée vers l'avenir, lui, vers le passé. Adda avait peut-être répondu de la même façon à ceux qui lui conseillaient la prudence autrefois, à Lübeck :

— Pas avec Helmut...

Et elle n'aimait plus Helmut.

L'inspecteur se leva :

— Je ne m'ennuie pas avec toi, Annelore, mais on m'attend.

— Je vous accompagne !

Elle tint absolument à régler leur note en affirmant que c'était bien le moins en un si beau jour. Dehors, elle passa son bras sous celui du policier et dit :

— Les gens doivent nous prendre pour des amoureux...

— Ils voient bien que tu n'es encore qu'une gamine et que je suis un vieux bonhomme... Ma fille, oui, si tu veux...

Elle ne riait plus, Annelore, lorsqu'elle remarqua :

— Il me semble que j'aurais été heureuse d'être votre fille, parce qu'on doit être bien auprès de vous...

— Ce n'est pas une opinion unanime.

— Si j'étais votre fille, monsieur Schwenke, je ne vous parlerais pas autrement que je l'ai fait ce soir... Je vous donnerais un peu plus de détails sur Joachim pour vous rassurer (Helmut pensa qu'il les prendrait quand même, ces renseignements) et je vous dirais comment il m'a demandé ma main, tantôt, au café d'Hagenbeck, après qu'on fut allé voir les animaux...

— Tu meurs d'envie de me le raconter, Annelore...

— On se tenait devant la grille de l'enclos des tigres. Il y avait une tigresse qui jouait avec son petit. Ça été plus fort que moi et j'ai dit, tout haut : « Moi aussi, je jouerai bientôt avec le mien ! » Joachim m'a regardée sans comprendre. Alors je l'ai embrassé et je lui ai chuchoté à l'oreille que j'attendais un enfant de lui et qu'il fallait vite nous marier s'il voulait que le bébé n'ait pas honte de son père...

— Je croyais que c'était ton amoureux qui t'avait prié de l'épouser ?

— Après... Au restaurant... il ne s'était pas décidé tout de suite...

— Ah ?

— Il n'avait jamais envisagé qu'il se marierait un jour, n'est-ce pas ? Et tout d'un coup de se voir avec une femme et un enfant sur les bras, ça lui a donné un choc... Il m'a expliqué que mon passé, il s'en fichait tant que je ne portais pas son nom, mais que c'était autre chose si je devenais son épouse... Enfin, quoi, il ne se sentait pas très chaud, mon Joachim...

Helmut serra le bras d'Annelore sous le sien pour bien lui faire comprendre qu'elle pouvait compter sur lui. Il devinait qu'Annelore craignait que demain Joachim ne vienne pas la voir comme promis pour fixer la date des épousailles, qu'il ne revienne plus jamais. Et savoir ce qu'elle déciderait, cette petite sotte, si jamais ce garçon-là, à son tour, la laissait tomber ?

— Pourquoi toutes ces histoires, Annelore ?

Semblable à un gosse qui refuse de croire la vérité qu'on lui annonce, parce qu'elle ne cadre pas avec la fable qu'il tient pour vérité, Annelore s'entêtait d'une voix quelque peu chevrotante :

— Ce ne sont pas des histoires, monsieur Schwenke. La vérité est un peu moins jolie que je ne vous l'avais dite... c'est tout.

— Et si tu me la confiais une bonne fois cette vérité, Annelore ?

Elle haussa les épaules :

— Il voulait me garder comme maîtresse et entretenir l'enfant. Alors je me suis mise en colère et je lui ai annoncé que j'irai voir le directeur d'Unilever pour lui apprendre de quelle façon son employé se comportait.

— Cela m'a tout l'air d'être du chantage ?

— Je me défendais, monsieur Schwenke, et je défendais mon petit ! Je ne veux pas que celui-là, il connaisse ce que j'ai connu... Enfin, Joachim a eu peur, tellement peur qu'il a renversé sa chope de bière. Cet incident nous a détendu les nerfs... On s'est mis à rire... Il a convenu qu'il plaisantait et qu'il avait toujours eu l'intention de m'épouser...

— Tu l'as cru ?

— Que vouliez-vous que je fasse d'autre ?

— Je compte absolument que tu me l'amènes, ce Joachim, demain, Annelore !

— Vous ne lui répéterez pas tout ce que je vous ai confié, au moins ?

— N'aie crainte... Il faut absolument qu'il se rende compte que s'il n'est pas gentil avec toi, il me trouvera sur sa route.

Ils traversèrent la chaussée pour gagner le commissariat. Lorsqu'ils eurent atteint le trottoir, Helmut prit Annelore aux épaules et, la regardant bien dans les yeux :

— Annelore... tu as prétendu tout à l'heure que tu aurais aimé être ma fille ?

— C'est vrai...

— Eh bien ! figure-toi, mademoiselle l'ingrate, que je te considère comme ma fille... C'est pour cela que j'irai à ton mariage et que je serai tout à la fois le grand-père et le parrain de ton premier-né... et si ton amoureux regimbe de nouveau, tu lui parleras de moi. Tu m'as dit qu'il connaît mon existence ?

— Oui, mais je ne lui ai pas donné votre nom, ça ne le regardait pas.

— Cette fois, tu lui donneras mon nom et tu le préviendras que s'il ne se conduit pas comme un honnête homme, j'irai m'en expliquer avec lui...

Pour cacher son émotion, Annelore plaisanta :

— Oui, papa !

— Papa... Il y a un bout de temps qu'on ne m'a pas appelé comme ça... Annelore, sais-tu quel est le premier devoir d'une fille vis-à-vis de son père ?

— L'aimer ?

— D'accord, mais, avant tout, lui obéir !

— Je vous obéirai.

— C'est juré ?

— C'est juré !

— Alors, si par hasard... je dis bien par hasard, Annelore, ton Joachim n'était pas exact au rendez-vous qu'il t'a fixé... promets-moi qu'avant de prendre n'importe quelle décision, tu viendrais me trouver.

— Je vous le promets !

Et parce qu'elle avait bien compris les craintes de ce brave homme de Schwenke, elle lui sauta au cou sans se soucier des passants.

## CHAPITRE II

C'était sans doute le dimanche qu'Helmut supportait le plus difficilement l'espèce d'ostracisme où il vivait au milieu des siens et pour cette raison, au grand plaisir de ses collègues, il acceptait toujours d'être de garde aux heures où les autres aimaient à se trouver parmi les leurs. La bonne volonté de Schwenke était le seul argument qui plaidait en sa faveur auprès du commissaire Rolf Gehrard, se demandant combien de querelles il allait devoir arbitrer lorsque, Helmut parti, son remplaçant réclamerait une naturelle justice dans l'établissement des tours de garde dominicaux.

Quand Helmut se levait, sa femme s'affairait à la cuisine en compagnie d'Ilse déjà arrivée et que Rudolf viendrait rejoindre au retour du stade où, chaque semaine, le dimanche matin, il s'entraînait légèrement pour ne pas se rouiller. A son tour, Schwenke sortait. Il parcourait à petits pas les rues champêtres de Dorfkrug, échangeant quelques salutations plus cérémonieuses qu'amicales avec ses contemporains. A onze heures, il entrait au *Gross-Flottbeck*, un café où depuis toujours, le dimanche, il buvait son premier demi de la journée. Il s'y sentait plus à l'aise que chez lui.

Ce dimanche-là, Helmut rentra à la maison au moment où Adda conviait tout le monde à passer à table où elle servait un plat de chez elle dont elle n'avait jamais oublié la recette : « *Lübecker Spiessbraten mit Weenkraut.* » Helmut, se rappelant que sa fiancée lui en avait préparé chez ses parents lors de sa première visite, sentit l'émotion lui serrer un peu la gorge. De l'autre côté de la table, Adda regardait son fils et Ilse qui mangeaient de bel appétit. Bâtie comme un adolescent musclé, la jeune fille représentait à merveille cette Allemagne dont le Führer avait voulu faire la maîtresse du monde. Nul doute que si elle était née une dizaine d'années plus tôt, elle se fût affirmée excellente Bannführerin. Le temps l'avait mise dans l'autre camp, mais elle ressemblait comme une sœur à ses aînées dont elle haïssait la mémoire. Sous ses cheveux d'un blond presque blanc, Ilse était la nordique type. Sa blondeur appela dans la mémoire de Schwenke la chevelure brune d'Annelore. Mentalement, il compara les deux jeunes filles. Il aimait mieux Annelore. Ilse ne lui avait jamais été sympathique ; peut-être parce qu'Adda lui témoignait une affection dont il se sentait injustement privé ? Rudolf, de taille moyenne, devait à la pratique constante de la culture physique d'être, à trente ans, d'une sveltesse qui imposait la sympathie. Schwenke se persuadait que son garçon devait être aimé de tous ceux qui l'approchaient à l'usine.

On versait le café lorsque Adda s'adressa à son mari :

— Helmut, les enfants ont décidé de se marier le mois prochain.

Pris de court, il ne sut que balbutier :

— C'est bien... c'est très bien... je souhaite de tout cœur que vous soyez heureux.

Ce fut Ilse qui répondit avec fermeté :

— Nous le serons, père.

Ce qualificatif de « père » amollit le cœur de Schwenke. Il se tourna vers son fils :

— Rudolf...

Le garçon leva les yeux vers lui :

— Rudolf, j'espère... enfin je veux dire... je suis convaincu que tu réussiras mieux que je ne l'ai fait moi-même... et que tu pourras trouver dans tes fils des amis qui te comprendront... ce qui doit être bien agréable...

Il y eut un instant de gêne. Adda se dressa et venant près de son mari, elle lui mit la main sur l'épaule :

— Nous n'avons pas tout raté, Helmut, puisque ces deux-là vont prendre la relève...

Il semblait à Schwenke que tout recommençait comme avant. Jamais Adda ne s'était montrée aussi aimable qu'en cet après-midi dominical. Elle avait admis qu'Helmut restât en sa compagnie pour parler avec lui du trousseau des enfants et lui demander son opinion au sujet d'un meuble qu'on pourrait leur donner. Il acceptait tout, trop content de voir son avis pris en considération. Rudolf était parti dès la fin du repas car, fidèle supporter du club de football de Hambourg, il ne voulait pas manquer le match opposant son équipe favorite à leurs rivaux de Brême. Ilse lui avait demandé de la déposer chez elle en passant, car elle attendait une amie.

Le dîner fut des plus gais et Rudolf intarissable sur les péripéties de la rencontre qui avait vu la victoire des Hambourgeois. Tout au plus, Ilse marqua-t-elle un peu d'humeur lorsque son fiancé lui annonça qu'il la reconduirait plus tôt que d'habitude chez elle, car il devait se rendre au club des supporters où les anciens recevaient les triomphateurs du jour. Adda fit remarquer à sa future belle-fille qu'elle commençait ainsi son apprentissage de l'égoïsme masculin. Orpheline, Ilse, qui avait perdu tous ses parents pendant la guerre, habitait une chambre meublée à Eppendorf, près de l'hôpital, où Rudolf venait la prendre chaque matin sur sa motocyclette pour gagner avec elle les bureaux où ils travaillaient.

Avant le dessert, Helmut se leva, l'heure étant venue pour lui de rejoindre son commissariat de Saint-Pauli où il passerait une partie de la nuit. Il souhaita le bonsoir à tout le monde, réaffirma qu'il avait passé une excellente journée et que le temps lui durait maintenant de pouvoir jouer avec ses petits-enfants. On lui répondit avec gentillesse et Rudolf crut même bon de le plaisanter sur les dangers qu'il courait sur la Reeperbahn, où tous les vices de la création guettent les âmes naïves et les autres. Ragaillardi par cette chaleur inhabituelle, Helmut, le cœur en fête, se hâta d'aller prendre l'autobus de huit heures qui le déposait à l'Heiligengeistfeld d'où il parcourait la Reeperbahn à pied, ainsi qu'il en avait l'habitude.

Chaque soir d'automne ou d'hiver, quand il venait reprendre son service, Helmut goûtait le moment où, descendant de l'autobus, il se sentait placé à la frontière de deux mondes : derrière lui l'obscurité compacte régnant sur les masses de verdure et les bâtiments déserts du Jardin des Plantes ; devant lui, le ruissellement des lumières de la Reeperbahn — artère la plus fameuse du non moins fameux quartier de Saint-Pauli —. Derrière lui, le silence des quartiers bourgeois ; devant, le tohu-bohu du monde du plaisir. Le passage sans transition de cette zone tranquille, endormie dans sa gloire ancienne, à la zone bruyante, effervescente où se presse une foule bigarrée mais communiant dans une même quête de distractions élémentaires, impressionnait toujours l'inspecteur Schwenke. Il y voyait le symbole de cette ville de Hambourg qu'il aimait par-dessus tout et partagée en deux forces : l'une diurne qui assurait la pérennité de la vieille cité hanséatique appuyée sur son passé pour affronter un avenir que ses armateurs, ses commerçants, ses banquiers voyaient sous les plus heureux auspices ; l'autre nocturne qui ne se souciait que de l'heure présente, de la jouissance immédiate. D'une part, un fleuve tranquille, sûr de sa force, que rien ne pourrait faire dévier de son lit creusé dans l'histoire, d'autre part un torrent aux odeurs fortes charriant toutes les sanies de l'humanité. Un temps, les maîtres de Hambourg voulurent assécher ce torrent qui nuisait à la propreté morale de leur ville, mais ils y renoncèrent quand ils comprirent que sans le quartier de Saint-Pauli, le port, source de toutes les richesses, risquait de périr d'asphyxie au profit d'Anvers et de Rotterdam. Le fleuve ne pouvait couler sans que coulât le torrent et ce phénomène accepté résume l'étrange dualité de Hambourg.

Il allait y avoir cinq ans qu'Helmut travaillait au commissariat de la Reeperbahn. Le service était loin d'y être de tout repos et les cars de police, tout au long de la nuit, déversaient des cargaisons de filles, d'ivrognes, de batailleurs que l'abus de l'alcool avait changés, pour un temps, en bêtes furieuses. L'afflux des matelots étrangers rendait les interrogatoires difficiles et, le plus souvent, on se contentait de boucler les délinquants jusqu'au matin où la raison leur revenait en même temps que se dissipait leur ivresse. Sans arrêt, le téléphone sonnait dans la salle où les inspecteurs fumaient en attendant le moment de bondir dans les voitures pour se précipiter là où on les appelait à l'aide. Les flics en casquette plate et long manteau blanc ne cessaient pas de patrouiller, tout en se tenant en relation constante par radio avec le commissariat.

Au début, Helmut se sentit bien un peu perdu dans cette faune nouvelle pour lui. Peu à peu, le mari d'Adda s'accoutuma aux règles spéciales régissant ceux qui gagnaient leur vie sur la Reeperbahn. Il comprit que, dans cette pourriture, on obéissait au code d'un certain honneur ressemblant davantage aux lois d'un clan qu'à la morale. Il vit des blessés mourir sans vouloir dire le nom de leur meurtrier. A travers d'autres morts, il sut deviner la riposte à des événements depuis longtemps effacés dans la mémoire du public. Par la force des choses — sauf quand il s'agissait de flagrants délits généralement d'importance mineure — les policiers de la Reeperbahn tenaient bien plus le rôle d'arbitres que celui de policiers. Ils veillaient à ce que le déroulement du terrible jeu remuant les bas-fonds ne débordât point les limites de ce monde des ténèbres. Helmut entretenait des relations presque amicales avec la plupart des patrons de ces boîtes échelonnées tout au long de l'avenue et qui, par la voix d'un aboyeur chamaré — le plus souvent déguisé en amiral — proposaient aux passantes des délices insoupçonnées ou bien faisaient appel à leur hypothétique sens artistique pour leur offrir des spectacles d'art tous aussi tristement montés sur le même modèle. On fermait les yeux sur les activités un peu en marge de la loi et des règlements de police de ces tenanciers à la faconde inépuisable en échange de renseignements dont on avait toujours besoin. Tout Saint-Pauli savait que ces bonshommes en smoking et aux diamants insolents se révélaient des indicateurs dont il fallait se méfier, mais la pègre, comme les représentants de l'ordre, avait besoin d'eux, et c'est pourquoi une commune complicité réunissant les adversaires de toujours les préservait.

Au bout de quelques mois, Helmut avait été accepté par le peuple de la Reeperbahn. On le savait indulgent et on pouvait compter sur sa neutralité pourvu qu'on n'exagérât pas. Il en était même arrivé à éprouver une sorte de sympathie tendre pour tous ces hors-la-loi dont il surveillait les sinistres ébats. Il reconnaissait en eux des vaincus dont la malchance les apparentait à sa propre misère morale.

En pénétrant dans le commissariat, Helmut se sentait heureux comme il ne l'avait pas été depuis longtemps. La gentillesse des siens à son égard, l'affection d'Annelore calmaient cette grande douleur le rongeant depuis son retour de la guerre. Etait-ce vraiment possible qu'on ait le droit de tirer un trait définitif sur les horreurs passées ? Qu'on puisse recommencer à penser au lendemain sans inquiétude ? Peut-être, après tout, qu'il n'avait pas su s'y prendre avec sa famille ? Il passait son temps à se plaindre mais, et les autres ? L'inspecteur se promit de susciter une explication amicale avec Rudolf. Il reconnaîtrait ses torts. Il retrouverait la confiance de son fils et, par voie de conséquence, celle d'Ilse. Alors Adda, sans doute, se laisserait-elle convaincre à son tour de redevenir l'Adda d'autrefois ?

Schwenke salua joyeusement l'agent de faction qui le regarda avec surprise — tant ce comportement paraissait inhabituel — se demandant s'il n'avait pas bu un petit coup de trop... Le policier poussa la porte du bureau où, dans la journée et durant la nuit, les inspecteurs qui n'étaient pas en train de faire leur ronde se reposaient, discutaient, fumaient. En semaine, le va-et-vient incessant empêchait de s'apercevoir de la sinistre laideur de la pièce où la photographie du président Adenauer ne mettait aucune gaieté. Le dimanche où, par suite du manque de personnel, les hommes de garde ne prenaient guère le temps de s'asseoir, le local se montrait dans son implacable nudité et il y avait de quoi vous flanquer le cafard. Les murs, d'une couleur indéfinissable, suintaient l'ennui résigné. Une odeur de sueur, d'humanité sale qu'aucun courant d'air ne parvenait à chasser, vous prenait à la gorge avec des relents de fumées refroidies. Tout cela assez écœurant, mais Helmut, ce soir, décidé à tout trouver sympathique, agréable, ne se laissa pas arrêter par cette fâcheuse impression. Au surplus, il vivait dans ce cadre depuis tant d'années qu'il n'y prêtait plus guère attention. Au vrai, il ne le voyait même plus. A l'apparition d'Helmut, le collègue qu'il venait remplacer bondit de sa chaise :

— Ah ! Schwenke ! J'avais peur que vous ne m'ayez oublié !

Cordial, avec un bon sourire sur la figure, Helmut remarqua, tout en se débarrassant de son chapeau et de son pardessus :

— Le père Schwenke n'a jamais été en retard de toute sa carrière, Glage...

— Pas de consigne spéciale...

Tout en s'habillant, l'inspecteur Glage continuait, pour ne pas rester une minute de plus qu'il n'était nécessaire :

— ... Pas de coup dur signalé. Je pense que vous

aurez une soirée tranquille. Hübner ne tardera pas à rentrer. Il est allé se promener aux environs de la Grosse Freihet... Voilà. Alors, bonsoir, mon vieux... Je me dépêche, ma fiancée m'attend... et quand je ne suis pas à l'heure, elle devient plus hargneuse que le patron lorsqu'il est en rogne...

Schwenke n'eut pas l'occasion de répondre, car son collègue avait déjà passé la porte. Il en éprouva quelque dépit. Il eût aimé bavarder un peu avec Ulrich Glage pour lui donner quelques conseils amicaux, le faire profiter de cette tendresse nouvelle qui fleurissait en lui. Glage était du même âge que Rudolf et il aurait pu s'imaginer s'adresser à son fils et préparer ainsi l'entretien qu'il espérait avoir bientôt avec ce dernier. Resté seul, Schwenke jeta un coup d'œil sur les notes et rapports éparpillés sur la table ; rien d'intéressant... des broutilles. Repoussant toute cette paperasse, il bourra sa pipe, l'alluma et se carrant sur sa chaise s'enfonça paisiblement dans une rêverie agréable où il se voyait dans le jardinet de Dorfkrug, le fils de Rudolf et d'Ilse sur les genoux, tandis qu'Adda lui préparait, pour lui tout seul, un plat qu'il aimait. Un demi bien frais à portée de sa main, il apprenait au petit garçon — pourquoi ne s'appellerait-il pas Helmut comme son grand-père ? — les premières lettres de l'alphabet. Ilse et Rudolf venaient chercher leur fils et le jeune papa en profitait pour raconter à son père le travail de la journée et lui demander son avis au sujet d'une difficulté qui l'embarrassait. Une belle vie. La voix sarcastique d'Otto Hübner fit éclater les songes heureux où il se perdait.

— Il me semble, inspecteur Schwenke, que vous sommeillez alors que vous êtes de service ?

Helmut tressaillit, tel le dormeur qu'on éveille brusquement.

— Non... je rêvais...

— A ton âge ?

— Pourquoi pas ?

Otto haussa les épaules.

— Ma parole, tu dois devenir gâteux.

A son tour, Hübner se débarrassait de ses affaires.

— ... Comme si on avait la possibilité ou l'occasion de rêver sur cette cochonnerie de terre.

Il se laissa lourdement tomber sur une chaise.

— Mes blessures me travaillent... Le temps va changer... Difficile de rêver quand on a du plomb dans le corps. Ça nous rappelle aux réalités !

Mais Schwenke changea de sujet, bien décidé à ne pas laisser son camarade entamer sa bonne humeur :

— Bon dimanche, Otto ?

— Dimanche ou pas dimanche, moi, je m'en fous... Toujours la même saloperie... Partout la même haine, la même indifférence... Dimanche ou pas dimanche, les autres se foutent de vous... Tu crèves aussi bien le dimanche que les autres jours, non ? Alors, m'embête pas avec tes questions idiotes, sacré bourgeois de Dorfkrug !

Helmut ralluma sa pipe qu'il avait laissé s'éteindre au cours de sa somnolence. Pauvre Hübner...

— Ecoute-moi, Otto.

— Tu vas me faire la morale ?

— Non, mais tu es mon seul copain ici.

— Et alors ?

— Faudrait qu'on se voie en dehors du service.

Otto le regarda, surpris.

— Qu'est-ce qui te prend ?

— Pourquoi ne viendrais-tu pas à Dorfkrug, le dimanche ? Au moins tu respirerais un bon air ?

— Dis-moi, Helmut, tu es saoul ou quoi ?

— Je te remercie pour la manière dont tu accueilles mes invitations !

— Mais enfin, Adda ne peut pas me souffrir ! Tu tiens à ce qu'elle me flanque à la porte ?

— J'ai peut-être mal jugé Adda... et Rudolf... et Ilse...

Soupçonneux, Hübner examina longuement son collègue avant de répondre :

— Toi, mon bonhomme, il t'est arrivé quelque chose de pas ordinaire... Allons, raconte !

Schwenke n'attendait que cet appel et il se lança dans le récit du déjeuner dominical où ses enfants lui annoncèrent leur proche mariage. Il souligna le fait que son fils parti pour assister au match Hambourg-Brême, il était resté avec sa femme, goûtant en sa compagnie des heures sereines. Il ajouta que s'il n'avait pas été de service, il aurait passé la soirée avec Adda puisque Rudolf devant célébrer la victoire d'Hambourg s'était éclipsé de bonne heure avec Ilse. Et il rit en rappelant la bouderie de la fiancée délaissée au profit des copains de football. Lorsqu'il eut terminé, Otto prit le temps d'allumer une cigarette.

— Helmut... j'ai beau détester tout le monde, toi,

je t'aime bien parce que nous suivons la même route... Nous y sommes seuls, sur cette route, même si on nous adresse une parole aimable au passage. Tu ne le crois pas ? A ta guise. Mais je n'irai pas chez toi. Je n'ai pas confiance en Adda, ni en Rudolf, ni en son Ilse... Si ce que je te dis te fait de la peine, excuse-moi... et puis, après tout, il est possible que je me trompe.

— Je suis sûr que tu te trompes, Otto.

— N'en parlons plus. A propos, on t'a téléphoné vers dix-neuf heures... une certaine Annelore...

— Qu'est-ce qu'elle voulait ?

— Elle avait l'air assez excitée et bien désappointée de ne pas te trouver. Elle a laissé un message à te transmettre.

— Je t'écoute.

— Un moment... Tu ne penses tout de même pas que j'apprends par cœur les communications de tes amies, non ?

Otto fouilla dans sa poche et en tira un morceau de papier froissé qu'il aplatit soigneusement avant de le lire :

— *Prière de dire à M. Schwenke qu'il y a du nouveau. Le mariage est décidé. Je lui amènerai mon fiancé ce soir, vers vingt-trois heures.*

Hübner releva la tête :

— Cette Annelore, c'est la petite d'il y a deux ans ?

— Oui.

— Je ne savais pas que tu avais gardé avec elle des relations amicales ?

— Je la considère un peu comme ma fille car, grâce à moi, elle est née à une existence propre.

— Sacré sentimental, va...

Schwenke relata alors les aventures d'Annelore et leur heureuse conclusion. Hübner avait l'air si peu convaincu qu'Helmut, énervé, demanda :

— Tu ne crois pas au mariage de ma protégée ?

— Ça m'étonnerait.

— Pourquoi ?

— Parce que les filles comme elles sont des gourdes parfaites qui gobent tout ce qu'on leur raconte... surtout quand on le leur raconte bien... et ce Joachim doit s'y connaître !

— Mais, enfin, pour quelles raisons veux-tu que ce Joachim soit un sale type ?

— L'expérience d'abord, la conviction, ensuite, que les filles comme Annelore sont fichues au départ. On ne remonte jamais la pente quand on porte un paquet comme le sien et jamais on ne vous tend la main pour vous aider à grimper... Tu le sais aussi bien que moi, Helmut... Seulement, moi, vieux, je n'ai pas peur de la regarder en face, la vérité, tandis que toi, tu en as tellement la frousse que tu feins d'ajouter foi à tous les mensonges que tu récites... Je suis sûr que tu nourris la même opinion que moi au sujet d'Annelore et de ce Joachim... Tu es convaincu qu'il ne viendra pas la voir ce soir, qu'il ne viendra plus la voir. Tu penses, un enfant !

Schwenke aurait voulu répondre avec raideur, mais au fond de son cœur, il redoutait bien un peu que

Joachim ne soit pas au rendez-vous et c'est mollement qu'il protesta :

— Tu vois tout en noir !

— Qu'est-ce que tu paries ?

— Hein ?

— Allez, ne te dégonfle pas ! Dix marks qu'il n'aura pas donné signe de vie à ta protégée, tu les tiens ?

— D'accord !

La sonnerie du téléphone emplit la pièce. Avant de décrocher, Hübner prit le temps d'annoncer :

— On était trop tranquille, ça ne pouvait pas durer. Allô ! Ici l'inspecteur Hübner... Ah ! bonsoir, monsieur le commissaire... Oui, il est là... Entendu. monsieur le commissaire, je le préviens.

Il raccrocha.

— ... Le patron qui te demande, Helmut.

— Qu'est-ce qu'il veut ?

— Il n'a pas jugé bon de me le dire.

Personne n'éprouvait la moindre sympathie pour le commissaire Rolf Gehrard, bien que chacun rendît hommage à ses réelles qualités. Mais on connaissait son ambition, on savait qu'il n'hésiterait jamais à sacrifier n'importe qui pour faciliter son ascension. Quadragénaire grand et mince, aux tempes légèrement grisonnantes, il ressemblait physiquement au fameux docteur Schacht dont il avait la raideur et l'allure de puritain anglais. Sa voix sèche semblait toujours contenir une menace voilée. Très jaloux de son autorité, il n'admettait pas la moindre velléité d'indépendance et ne tolérait pas la plus légère défaillance. Il détestait ceux envers lesquels il se trouvait contraint de prendre quelques précautions et tentait l'impossible pour s'en débarrasser au plus vite. Bien des jeunes agents avaient eu leur carrière compromise ou même brisée parce qu'ils débutèrent sous les ordres de Rolf Gehrard. C'est dire que nul n'aimait, parmi le personnel du commissariat, à se trouver en présence du patron ou à être appelé dans son bureau. Malgré son ancienneté, Helmut Schwenke, comme les autres ne se sentait pas tellement rassuré tandis qu'il grimpait l'escalier menant au premier étage. Cependant, arrivé sur le palier, il reprit son souffle, fit mentalement un bref retour en arrière pour s'assurer qu'il n'avait aucune faute à se reprocher et, rasséréné, frappa discrètement à la porte de Gehrard.

— Entrez !

En dépit de l'allure assurée qu'il se donnait, le cœur de Schwenke battit un peu plus vite lorsqu'il pénétra dans la pièce.

— Vous m'avez fait demander, monsieur le commissaire ?

— Bonsoir, Schwenke... Asseyez-vous...

Helmut prit place dans le fauteuil face au bureau.

— Cigarette ?

— Merci, monsieur le commissaire...

— Comme vous voudrez... Schwenke, vous avez fait une demande visant à prolonger de deux ans votre service actif...

— Vous avez reçu la réponse ?

— Ne m'interrompez pas, je vous prie !

Helmut se mordit les lèvres, conscient de la gravité de la faute qu'il venait de commettre.

— Non... je n'ai pas encore reçu de réponse... A dire vrai, la décision des autorités supérieures dépend d'un coup de téléphone que je dois donner... En bref, on vous accordera ce que vous sollicitez si je ne m'y oppose pas... Or, pour vous dire la vérité, je ne suis pas très content de vous, inspecteur...

— Mais, monsieur le commissaire...

— Je connais — et vous vous en doutez bien — ce que sont vos états de service... Vous avez toujours été un policier honnête, sans grand éclat, mais enfin de ceux grâce à qui la machine tourne, et tourne bien. Je sais aussi que vous fûtes un bon soldat et que les blessures reçues sur le champ de bataille vous donnent droit à une certaine reconnaissance de la part de vos compatriotes... Seulement, Schwenke, la guerre a apporté de grands changements dans nos habitudes et je crains que vous n'ayez pas su vous adapter...

— Je ne comprends pas, monsieur le commissaire ?

— Votre tenue, d'abord... Vous oubliez trop que vous devez en imposer... Or, permettez-moi de vous le faire observer, vous avez beaucoup plus l'allure d'un petit commerçant que d'un inspecteur de police. Disons le mot, je vous trouve un peu négligé et c'est fort regrettable. Vous ressemblez, par ce côté, à votre collègue Hübner, mais lui, cela n'a plus d'importance puisqu'il s'en va... Quand on aspire à ne pas être mis à la retraite, à bénéficier d'une faveur, on tente un effort pour la mériter. Je ne suis pas certain, Schwenke, que vous le tentiez ?

La colère empoigna Schwenke :

— Autrement dit, monsieur le commissaire, je dois m'en aller ?

— Il n'y a pas d'autrement dit, inspecteur, et je vous serais obligé de vous rappeler que lorsque j'ai quelque chose à dire, je le dis sans prendre de détours ! Si j'avais décidé de me séparer de vous au terme de votre temps légal, ce serait chose faite, n'en doutez pas.

— J'en suis persuadé, monsieur le commissaire.

— Nous sommes donc d'accord. Il est de mon devoir de vous prévenir que si vous voulez avoir une chance de rester parmi nous, il importe que, de votre côté, vous rompiez avec certaines habitudes qui ne sont plus de mise aujourd'hui... Schwenke, je n'oublie jamais un visage et je puis rencontrer dans la rue un homme ou une femme à qui mes services n'ont eu affaire que de manière éphémère, je suis sûr de reconnaître cette personne... C'est ainsi que j'ai parfaitement identifié cette Annelore Erben, autrefois arrêtée pour trafic de drogue et qui, hier soir, presque à la porte du commissariat, vous embrassait comme du bon pain... Votre maîtresse, sans doute ?

Helmut se dressa d'un jet.

— Monsieur le commissaire !...

— Asseyez-vous, inspecteur, et modérez vos indignations, surtout en ma présence. Si cette fille n'est pas du dernier bien avec vous, je saisis mal le sens de la sympathie plus que poussée qu'elle vous témoignait...

Et une fois encore, l'inspecteur Schwenke dut raconter l'histoire d'Annelore. Il mit dans son récit toute la chaleur dont il était capable. Gehrard l'écouta sans qu'un muscle de son visage ne bougeât. Lorsque Helmut eut terminé, le commissaire déclara froidement :

— Les aventures sentimentales de cette dame ne m'intéressent absolument pas. S'il n'en est pas de même pour vous, veillez à choisir d'autres lieux de rencontre que la Reeperbahn où vous êtes connu.

— Mais, monsieur le commissaire, elle est encore très jeune, elle a tout l'avenir devant elle... Comme tant d'autres, c'est une victime de la guerre... En lui donnant un coup d'épaule, je ne remplis que mon devoir d'homme !

— Je préférerais que vous remplissiez surtout vos devoirs de policier... Il m'apparaît absolument nécessaire, Schwenke, de vous voir admettre que c'en est fini de cette police paternaliste... Nous vivons des temps très durs et nous devons être durs pour ne pas nous laisser déborder par les événements... La pitié n'est pas pour nous et quand un des nôtres tombe sous les coups d'un truand, personne ne s'en soucie. Au contraire, c'est tout juste si ceux que nous protégeons ne se frottent pas les mains en disant : cela en fait toujours un de moins !

— Monsieur le commissaire, je pense, moi, que ce dont nous manquons le plus les uns et les autres, c'est d'amour. Je me suis battu pendant des années pour mon pays. J'ai vu ce qu'était un monde perdu dans sa haine. Je ne me sens plus le courage de haïr qui que ce soit.

— On ne vous demande pas de la haine, inspecteur, simplement l'indifférence à l'égard de ceux qui ne méritent pas autre chose.

— Et qui peut juger ce que nous méritons ? Parmi toutes ces épaves que mes fonctions m'obligent à rencontrer, il y en a beaucoup qui auraient été sauvées si, un jour, quelqu'un leur avait tendu la main...

— C'est dans les ordres qu'il fallait entrer, Schwenke, pas dans la police !

— Je ne pense pas que l'amour du prochain soit incompatible avec mon métier, monsieur le commissaire.

Pâle, Rolf Gehrard se dressa :

— Ce que vous pensez, inspecteur, n'a aucune importance, c'est ce que je pense, moi, qui compte !

A son tour, Helmut se leva, lourd, maladroit :

— Pas à mon âge, monsieur le commissaire. Je n'ai plus assez d'ambition pour me conduire comme un salaud...

— Inspecteur !

— Je sais que je m'en irai dans quelques mois, monsieur le commissaire, et ce sera bien ainsi. Nous ne pouvons plus nous entendre, vous et nous, les vieux, les hommes d'autrefois, ceux qui ont tellement honte de ce qu'ils ont fait, de ce qu'ils ont accepté que plus personne ne leur paraît digne de mépris.

— Jolie mentalité pour un policier ! Nous n'avons pas besoin de vaincus dans nos rangs !

— Cela ne vous transformera pas en vainqueurs pour autant.

— Sortez !
— A vos ordres, monsieur le commissaire !

A la seule vue du visage de son ami, Otto comprit que les choses avaient mal tourné.
— Ça accroche, Helmut ?
— Tout est cassé.
Schwenke fit à son collègue le récit de son entrevue avec le commissaire. Hübner tapa fraternellement sur l'épaule de son camarade :
— Bah ! Tu prendras ta retraite comme moi, vieux... On n'a plus rien à foutre avec ces gens-là... Policier sans éclat ? Qu'est-ce qu'il croit, cet imbécile ? Il n'y a pas de surhomme, pas plus dans la police qu'ailleurs. Il s'imagine que ça existe, le détective qui devine tout parce qu'il a une intuition géniale ? Il n'a pas encore compris que si la chance et le hasard ne venaient pas à notre aide, on n'arrêterait pas un assassin sur trois ? Allez, viens faire un petit tour sur la Reeperbahn, ça te changera les idées.

Sous les lumières au néon, la foule défilait en un lent carrousel marquant des temps d'arrêt devant les boîtes de nuit, des cinémas, des music-halls pour écouter les bonimenteurs les invitant à voir le spectacle. Les marchands de saucisses travaillaient à plein rendement. Les cafés regorgaient. Des couples passaient bras dessus, bras dessous, ignorant ceux qu'ils côtoyaient. Derrière les vitres des bars, des femmes peintes comme des idoles attendaient de problématiques clients. Leur impassibilité leur donnait quelque chose d'inhumain. Les policiers croisèrent un agent qui les salua. Un matelot complètement ivre était remorqué par deux camarades, presque aussi mal en point que lui. Otto remarqua :

— En voilà qui ne se posent pas de problèmes. Une bonne cuite à Hambourg et, demain, ils lèveront l'ancre pour aller se saouler dans un autre port... Pas compliqués, les gars ! Je crois bien, Helmut, que c'est eux qui ont raison, au fond.

— Je ne sais plus...

— Secoue-toi, vieux !

— C'est tout de même moche qu'une journée si bien remplie finisse de cette façon.

— Je t'ai souvent répété que tu te faisais des illusions. Tout est pourri et Gehrard ne vaut pas mieux que ce type là-bas qui essaie de s'effacer dans l'ombre parce qu'il nous a reconnus... Qu'est-ce que tu peux y changer ? Rien. Le monde est comme il est.

Les deux inspecteurs descendirent jusqu'à la Grosse Freiheit, où ils s'engagèrent.

Alors qu'ils obliquaient dans la Friedstrasse, ils s'entendirent appeler :

— Mais ce sont mes deux flics préférés !

Ils reconnurent en même temps la voix de Gertrud et se retournèrent avec un synchronisme parfait vers la grande femme venant à leur rencontre en souriant. Elle s'intercala entre les inspecteurs et, passant ses bras sous les leurs, elle les entraîna en disant :

— Je suis en fonds ce soir, venez, je vous paie un verre !

Schwenke protesta :

— Nous sommes en service, Gertrud.

— Et alors ?

— Nous n'avons pas le droit...

Otto intervint :

— Laisse donc ce grognon, Gertrud, je t'accompagne, moi, parce que dans six mois, c'est la classe ! Alors, tu penses si je m'en balance, des interdictions de M. Rolf Gehrard !

Le nom du commissaire fit remonter une flambée de colère dans le cœur d'Helmut :

— Après tout, tu as raison, Otto... Allons boire un coup !

Bien qu'elle approchât de la cinquantaine, Gertrud se défendait admirablement. Elle régnait sur les filles de la Reeperbahn, qui venaient lui demander conseil ou se mettre sous sa protection. Gertrud était une ancienne du métier. Ses débuts remontaient à l'époque d'avant-guerre. Quoique aimable et bavarde, elle ne parlait jamais d'elle-même, aussi une espèce de légende l'entourait-elle et dans les hôtels crasseux de Saint-Pauli, les filles se racontaient que Gertrud appartenait à une grande famille et que c'était un chagrin d'amour qui l'avait conduite où elle en était. A travers les âges, les générations, les événements, la mentalité de ces demoiselles ne variait guère. Elles demeuraient d'incurables sentimentales.

Helmut éprouvait une solide sympathie pour Gertrud. D'abord, parce qu'elle se tenait bien, ensuite parce qu'elle n'avait jamais eu d'histoire avec la police, enfin parce qu'à ses propres débuts dans le quartier, elle s'était affirmée d'un grand secours. Le monde des truands ne prisait guère Gertrud, mais il n'osait pas s'y attaquer, car les coupables auraient vu s'allier contre eux et la police et ceux que, généralement, elle poursuivait. Tout un chacun savait que Gertrud entretenait de bons rapports avec les flics, mais on savait aussi qu'elle ne mouchardait pas, sauf quand il arrivait qu'on s'en prît brutalement à l'une de ses consœurs. L'inspecteur appréciait encore le fait que Gertrud parlait le langage auquel il était habitué. Elle ne se croyait pas obligée de s'exprimer avec grossièreté ou en argot. Quelqu'un qui ne l'aurait pas connue aurait très bien pu la prendre pour une bourgeoise ayant famille et pignon sur rue. Helmut l'avait croisée un jour sur le Jungfernstieg, elle n'y détonnait pas. Peut-être à cause de la légende courant les bouges de Saint-Pauli, Schwenke se sentait disposé à croire Gertrud issue d'un milieu respectable, mais jamais il ne tenta de percer son secret.

Ils s'attablèrent tous trois à *L'Ours* et commandèrent un « Lütt un Lütt » — spécialité hambourgeoise — un petit verre de bière et un verre de genièvre qu'on buvait l'un après l'autre. Contrairement aux policiers, Gertrud rayonnait de bonne humeur.

— Et alors, mes flics, il y a quelque chose qui ne va pas ? Vous en faites une tête tous les deux !

Hübner expliqua l'algarade de son collègue et du

commissaire. Gertrud heurta amicalement le bras de Schwenke.

— Et alors ? Quelle importance ? Vous aussi, vous prenez votre retraite cette année, non ?

Ironique, Otto souligna :

— Figure-toi que ce bon Schwenke aime tellement son boulevard qu'il espérait pouvoir rempiler pour deux ans.

— C'est vrai ?

Helmut opina de la tête.

— Bah ! Faut vous faire une raison, inspecteur, il arrive toujours un moment où on doit dételer... Moi-même, je vais me retirer du jeu. Je commence à être fatiguée. J'ai beaucoup travaillé.

Ils ne songèrent pas à rire.

— J'ai une petite ferme du côté de Lünebourg où j'ai installé ma mère. J'y élèverai des poules, des canards et des lapins.

— Toute seule, avec ta mère ?

Elle regarda gravement Hübner :

— Toute seule, oui, enfin ! Mais vous deux, quand vous voudrez venir passer un week-end en pleine nature, vous serez les bienvenus.

Ils la remercièrent et Schwenke regardant sa montre s'aperçut qu'il était près de onze heures. Il se leva, imité par les autres.

— Ce n'est pas qu'on s'ennuie avec toi, Gertrud, mais nous devons retourner au bureau voir si on n'a rien signalé de grave. En plus, j'attends une petite que tu as bien connue autrefois, Annelore Erben ?

— Celle que vous avez retirée du circuit de la drogue ?

— Oui.

— Je crois que c'est ce jour-là que vous m'avez été sympathique, inspecteur. Je me suis dit : Voilà un type bien, car cette Annelore n'était pas faite pour ça. Qu'est-ce qu'elle est devenue ?

— Elle va se marier.

— J'en suis contente, surtout que j'ai vu ce sale type de Kliemann rôder dans le quartier ces jours-ci...

— Kliemann ? Mais il est en prison !

— Vous êtes sûr ? Alors, j'ai dû me tromper. En tout cas, le bonhomme lui ressemblait. Dites à Annelore de ma part que je lui souhaite bonne chance. Je suis heureuse quand, de temps à autre, il y en a une qui échappe à cet enfer.

Otto intervint :

— Personne ne vous oblige à y rester les unes et les autres.

— Bien sûr... mais on ne conduit pas toujours sa vie comme on voudrait.

Poussé par la sympathie, Helmut ne put se retenir de dire :

— J'ai pourtant l'impression qu'une femme comme toi, Gertrud, ne doit pas se laisser beaucoup influencer ?

Elle eut un sourire mélancolique :

— Parce que vous m'avez rencontrée en fin de parcours. Je n'ai pas toujours été comme ça, malheureusement... Autrement, j'aurais pris une autre direction.

— Malgré la petite ferme des landes de Lünebourg ?

— Malgré la petite ferme, qui n'empêchera pas l'hôpital pour finir et personne autour de mon lit.

Hübner la prit affectueusement par la taille :

— Tu ne crois pas que nous en sommes tous au même point ?

Elle feignit l'enjouement :

— C'est peut-être pour cela que nous nous entendons bien ?

## CHAPITRE III

Au commissariat, Schwenke s'enquit auprès du planton si une jeune femme n'était pas venue le demander. L'agent répondit par la négative mais il informa les deux inspecteurs qu'en leur absence on avait signalé un coup dur dans un hôtel de la rue Paul Roosen, que ses camarades se trouvaient déjà sur les lieux et que les services de l'idendentité étaient prévenus ainsi que le commissaire qui, à peine rentré chez lui, se rhabillait pour regagner le bureau. Hübner remarqua :

— Si le patron apprend que nous nous baladions pendant ce temps-là, ça ne va pas améliorer nos rapports !

Helmut prit son camarade par le bras :

— Allez ! Hop ! en voiture !

Pour se frayer un passage en traversant la Reeperbahn, ils actionnèrent la sirène. Dans la Paul Roosen

Strasse, au bout de quelques centaines de mètres, ils aperçurent un attroupement en face d'un petit hôtel minable qui s'intitulait fièrement — et ironiquement en la circonstance — *Das friedliche Heim* (*Le paisible Foyer*). L'agent près duquel les policiers arrêtèrent leur voiture les reconnut et fit écarter les curieux pour leur permettre de passer. Helmut et Otto s'engouffrèrent dans le couloir. A la réception, un homme d'une cinquantaine d'années, à la figure ingrate, aux prises avec un flic, discutait véhémentement. A la vue des inspecteurs, il se tut. Celui qui l'interrogeait salua les nouveaux venus tout en disant :

— C'est le patron de cette boîte...

Helmut coupa court aux explications :

— Tout à l'heure... Où est-ce ?

— Deuxième étage, porte en face ; d'ailleurs, Verein vous y attend.

Sur le palier, devant la porte de la chambre, un gigantesque agent montait la garde. Otto arriva le premier :

— Bonsoir, Verein, du dégât ?

— Une fille étranglée, inspecteur... Toujours la même saloperie. Elle sera montée avec un client qui l'a tuée pour la voler. On n'a pas retrouvé son sac.

— L'Identité n'est pas encore là ?

— Vous pensez ! Un dimanche, il leur faut le temps de se retrouver d'abord.

Les deux inspecteurs pénétrèrent dans la pièce, meublée sommairement avec ces meubles impersonnels qu'on trouve dans toutes les chambres des hôtels où l'on ne fait guère que passer et dont les clients n'ont pas assez d'argent pour se montrer difficiles. Une petite armoire à glace, un lit de fer avec un édredon taché, une chaise, une table de bois blanc passée au brou de noix, un portemanteau à têtes rondes accroché à la porte, un lavabo fendu avec deux robinets, dont l'un, celui de l'eau chaude, à jamais coincé. Tout cela, les policiers l'enregistrèrent d'un coup d'œil sans en marquer ni étonnement ni intérêt, habitués qu'ils étaient à ce décor de misère. Au milieu de la chambre, la tête reposant sur une descente de lit effrangée, il y avait le corps d'une femme au visage bleui et dont la langue boursouflée sortait entre les lèvres. Sa jupe retroussée, son corsage déchiré, la crispation des membres prouvaient qu'elle s'était débattue. Otto s'agenouilla pour l'examiner de plus près. Le cou tuméfié disait assez la façon dont elle avait fini. Sans se relever, Hübner remarqua :

— Le salaud a mis des gants... Si on le coince, il ne pourra pas nier la préméditation... c'est au moins ça !

Lentement, il se redressa, les yeux fixés sur le visage de la victime.

— Pauvre gosse... Elle ne devait pas avoir plus de vingt-cinq ans... Qu'est-ce que tu en penses, Helmut ?

Mais ce qu'il vit alors figea Otto. Schwenke, raidi, contemplait le cadavre et semblait ne pas se rendre compte que les larmes inondaient sa figure. Troublé, Hübner murmura :

— Qu'est-ce qui t'arrive, Helmut ? Ce n'est pourtant pas la première fois que tu...

Il s'arrêta net, réalisant d'un coup. Il chuchota, comme si la petite morte pouvait l'entendre :

— Annelore ?

Schwenke leva vers lui des yeux noyés de pleurs et fit oui en remuant la tête. Otto se retourna vers le cadavre :

— Tu avais raison... j'ai perdu mon pari... Son Joachim est bien venu...

Puis, prenant son collègue aux épaules :

— T'en fais pas, vieux frère, on le chopera, cet assassin ! Je te jure qu'on va s'y employer ! D'ailleurs, ce ne sera pas très difficile... Elle n'a pas dû lui dire que tu savais. On le cueillera demain matin tranquillement à son travail.

Mais Helmut n'entendait rien. Annelore... la petite Annelore... Il n'y avait donc plus rien de propre, de juste sur cette terre ? Jamais elle ne serait une dame comme elle souhaitait tant en devenir une. Elle ne serait pas davantage maman... Pauvre Annelore, qui s'imaginait que la franchise payait et qui, malgré tous ses déboires, gardait encore confiance dans les hommes !

Otto, qui comprenait le chagrin de son camarade, dit :

— Je te laisse seul un moment, Helmut...

Lorsque la porte se fut refermée sur lui, Schwenke, à son tour, s'agenouilla près de la morte. Doucement, tendrement, il caressa ses cheveux :

— Ma petite fille... J'aurais tant voulu réussir au

moins avec toi. Ça m'aurait consolé de bien des choses, payé de bien des peines si j'avais su que tu menais, enfin, une existence tranquille... Seulement, mon petit, tu croyais que les Joachim épousent des filles comme toi. Ils ne veulent pas que tu sois la mère de leurs enfants. Tu étais trop naïve, Annelore... et voilà. Tu es tranquille, maintenant, hein, petite ? Mais ça a dû être dur... trop dur pour une gosse de ton âge... L'autre, c'est moi qui lui mettrai la main au collet, je te le promets... et je souhaite qu'il se défende, parce qu'alors, je le tuerai, Annelore, je t'en donne ma parole. Après ce qu'il t'a fait, je lui refuse le droit de vivre... même si je dois être cassé, je le tuerai...

La porte s'ouvrit brusquement devant le médecin légiste et les hommes de l'Identité judiciaire. Le docteur salua Schwenke :

— Bonsoir, inspecteur... alors, pas moyen d'être tranquille ? Ils pourraient bien ne pas se détruire le dimanche, ces imbéciles !

— Je descends à la réception ; vous m'y trouverez en sortant.

Helmut sorti, les policiers se regardèrent :

— Il a l'air de mauvais poil, le père Schwenke ?

— A son âge, on n'aime pas le service de nuit.

Le médecin les interrompit :

— J'ai dix ans de plus que lui et si vous croyez que ça m'amuse...

A la réception, Otto faisait passer un sale moment à Josef Schlüter, le propriétaire du *Paisible*

*Foyer.* Quand Helmut le rejoignit, il le mit au courant :

— Elle habitait là depuis deux ans... Jamais elle ne recevait de visite... Ce soir, c'était la première fois.

Sans même y prendre garde, Hübner rendait compte à Helmut comme un subordonné. C'est que d'emblée Otto avait admis que ce meurtre serait l'affaire de Schwenke et de Schwenke seul. Pour lui, il l'aiderait de toutes ses forces. Helmut se pencha vers le visage suant de peur de Schlüter :

— Je vous conseille de ne pas jouer au petit soldat, Schlüter, sinon je vous embarque et je ferme votre baraque, compris ?

— Mais je vous affirme, inspecteur...

— Taisez-vous ! Contentez-vous de répondre à mes questions et d'une façon claire... Quand le type est-il arrivé ?

— Vers vingt-trois heures...

— Vous l'avez vu ?

— C'est-à-dire...

— Vous l'avez vu ou vous ne l'avez pas vu ? Et si vous ne l'avez pas vu, comment savez-vous qu'il est arrivé à vingt-trois heures ?

— Eh bien ! voilà... J'étais en train de casser la croûte dans ma cuisine, dont je laisse la porte ouverte pour surveiller les allées et venues... L'homme est entré à l'heure que je vous ai dite. Il avait un feutre rabattu sur les yeux et le col de son pardessus relevé. Il a déclaré que Mlle Erben l'attendait. C'est pas que ça me plaise beaucoup ces manières-là, parce que mon hôtel est un établissement correct et...

— Ça va, Schlüter. On vous tressera des couronnes une autre fois. Continuez !

— Je lui ai donné le numéro de la chambre, mais, pour être franc, je l'ai quasiment pas vu, ce citoyen...

— Pourquoi avez-vous appelé la police ?

— Quand je suis allé frapper à la porte de Mlle Erben, elle n'a pas répondu.

— Et pour quelles raisons êtes-vous monté chez elle ?

— Le gars s'est défilé un peu trop discrètement pour mon goût.

— Racontez-moi ça, Schlüter ?

— Ça serait plutôt comme une impression... Je faisais mes comptes et il m'a semblé que quelqu'un descendait doucement l'escalier. Vous voyez ce que je veux dire ? Alors, j'ai relevé la tête, mais il est passé comme une flèche devant le bureau. Du coup, j'ai couru derrière lui, seulement le temps que je me dégage d'ici, que j'aille à la porte, le monde sur le trottoir... bref, il avait disparu.

— Grand ?

— Petit.

— Blond ?

— Brun.

— Maigre ?

— Gros.

— Elégant ?

— Crasseux.

— Pas de lunettes ?

— Si.

Sans que rien ait pu prévoir son geste, Helmut gifla à toute volée le patron de l'hôtel, qui roula au sol. Hübner ricana. Schlüter se releva, l'air hagard, balbutiant :

— Mais... qu'est-ce qui... qui vous prend ? Vous... vous n'avez pas le droit de...

— Ferme ça !

Et se tournant vers l'agent qui assistait, impassible, à la scène :

— Emmenez-le au commissariat et mettez-le au frais en attendant que je m'occupe de lui !

En dépit de ses protestations, Josef Schlüter fut embarqué dans la voiture de police. Doucement, Otto conseilla :

— Fais attention, Helmut... N'y va pas trop fort, hein ?

— Ce salopard ment !

— Bien sûr, qu'il ment, mais il faudra le prouver.

— Je le lui ferai avouer.

Hübner regarda pensivement son camarade :

— Je crois, en effet, que tu y parviendras...

Le médecin légiste apparut :

— Messieurs, vous m'excuserez, mais je vais me coucher. On transportera le corps à la morgue sitôt que le type des empreintes en aura fini. Pas grand-chose à vous dire : mort par strangulation, comme vous le saviez, cartilages écrasés. Un garçon d'une bonne force, le meurtrier... Il portait des gants. La petite a des marques aux poignets et aux épaules, comme si on l'avait secouée. La mort ne remonte pas à plus de deux heures. C'est tout pour l'instant et je ne pense pas que l'autopsie nous apprenne grand-chose. Bonsoir.

Les inspecteurs n'étaient plus pressés, l'heure avancée de la nuit ne leur permettait pas d'entreprendre quoi que ce soit avant le jour. Ils allaient épaule contre épaule. Schwenke ne prononçait pas un mot et Hübner respectait le silence de son ami. Puis Helmut dit avec calme :

— Tu comprends, Otto, cette petite Annelore, c'était pour moi un symbole de cette jeunesse que nous avons démolie, désaxée avec nos folies... Il me semblait que si je réussissais à la tirer de cette boue où les hommes comme toi et moi l'avions obligée à vivre, ce serait une manière de nous faire pardonner.

— Par qui ?

Schwenke haussa les épaules :

— Je ne sais pas... Peut-être par nos consciences ?

— Parce que tu as encore une conscience, toi ?

— Oui.

— Mon pauvre vieux...

— Allons, Otto, ne te fais pas plus méchant que tu n'es...

— Je ne suis pas méchant, Helmut, mais indifférent. La justice, le crime, ce qu'on peut faire, ce qu'on n'a pas le droit de faire relèvent d'une morale à laquelle je ne crois plus. Si la justice existait, on aurait dû me fusiller pour tous les meurtres que j'ai commis sous l'uniforme de la Wehrmacht et, avec moi, tous ceux qui m'ont ordonné de les commettre.

Mais, chez les autres aussi, il aurait fallu fusiller. Si bien qu'au bout de quelques mois de guerre, les armées en présence se seraient décimées elles-mêmes. Alors, maintenant, tout m'cst égal. Je tue le type que je suis chargé d'arrêter, sans le moindre remords et sans la plus petite crainte parce que je n'ai pas peur de mourir, ou bien je le laisse échapper comme on m'a permis d'échapper aux grands massacres de l'Est. Entre nous, ton Annelore, je m'en fiche. Une de plus, une de moins, quelle importance ? Seulement, tu es mon seul ami, donc je t'aiderai à trouver le meurtrier de la petite et si le cœur t'en dit, je pourrai l'abattre pour lui éviter de passer devant les juges.

— Il n'est pas impossible. Otto, que je te le demande.

Au commissariat, le premier soin de Schwenke fut de donner des ordres pour que le lendemain, à la première heure, on téléphonât afin de savoir si Kliemann avait été libéré. Il s'apprêtait à appeler Josef Schlüter lorsque le spécialiste des empreintes entra dans le bureau en déclarant :

— Schwenke, un joli puzzle pour vous ! Ecoutez ça : sur le cou, pas d'empreintes, le meurtrier avait des gants, refrain connu. Mais autour des poignets, de magnifiques empreintes d'homme ainsi qu'aux épaules. Dans les deux cas, on a serré avec une bonne pince. Le gars devait être plutôt furieux, le gars ou les gars...

— Les gars ?

— Figurez-vous, mon vieux Schwenke, que les

marques que la petite portait aux poignets n'étaient pas les mêmes que celles relevées aux épaules. Qu'est-ce que vous en dites ?

— Elle aurait eu deux visites, alors ?

— Ça m'en a tout l'air.

— Et pourquoi pas trois ?

Otto intervenait dans le débat. Helmut et l'homme aux empreintes le regardèrent, se demandant s'il ne se moquait pas d'eux.

— Ça vous paraît logique qu'un bonhomme qui a laissé sa signature sur les poignets ou les épaules de sa future victime mette des gants pour la tuer ?

— Il a pu perdre la tête ?

— Impossible. Le tueur est entré avec des gants, car il ne pouvait décemment les enfiler devant la jeune femme qui lui aurait sûrement demandé ce qu'il lui prenait et je ne vois pas bien le bonhomme lui expliquant qu'ayant l'intention de la tuer, il tenait à ne pas laisser de traces. Non, Helmut, crois-moi, celui que nous cherchons est arrivé avec des gants, ce n'est donc pas lui qui a serré les poignets ou les épaules d'Annelore.

— A moins que l'assassin, sachant fort bien qu'il serait interrogé au sujet de la mort d'Annelore, dont il est un familier, ait voulu brouiller sa piste en nous imposant le raisonnement que tu viens justement de tenir, Otto. Il se dispute avec la petite, l'empoigne aux poignets ou aux épaules, puis déclare qu'il s'en va, met ses gants sans éveiller aucunement l'attention de la victime et l'étrangle.

— C'est possible. Bien que, d'après ce que tu

m'as raconté, il y a de fortes chances pour qu'il ne s'agisse pas d'un professionnel... et seul un professionnel, à mon sens, montrerait assez de sang-froid pour agir de cette façon.

— Un professionnel, nous en avons un... Tu te souviens de ce que nous a rapporté Gertrud ?

— Hans Kliemann ?

Hübner secoua la tête.

— Les minables comme lui sont bien rarement des tueurs. Ils n'ont pas assez de tripes pour ça..

L'homme des empreintes déclara :

— Quoi qu'il en soit, mes bons amis, il semble bien qu'il y ait eu tout un défilé chez cette malheureuse fille ce soir ; à vous d'y mettre bon ordre et d'attribuer à chacun un numéro. Le dernier sera le bon.

— Même pas, grogna Schwenke, car l'un d'entre eux a très bien pu se présenter alors qu'Annelore était déjà morte et filer sans demander son reste.

— C'est, ma foi, vrai ! Bonsoir ! Je me félicite d'avoir quitté le métier actif pour entrer à la technique ! Bien du plaisir, camarade, je rentre à la maison.

Le commissaire Rolf Gehrard maudissait le sort qui l'avait envoyé exercer ses fonctions dans cet abominable quartier de Saint-Pauli. Il enrageait de s'être trouvé dans l'obligation de se relever, à peine couché, sous prétexte qu'une de ces filles, dont la présence était le déshonneur de Hambourg, avait trouvé le moyen de se faire tuer par un client d'humeur acariâtre. Sans doute un de ces voyous de matelots étrangers, peut-être déjà retourné à bord de son bateau prêt à lever l'ancre... et cela ferait une nouvelle affaire de meurtre à classer ! La carrière de Rolf n'en serait pas facilitée pour autant ! Il aurait fallu avoir dix fois plus de policiers pour mettre un semblant de discipline dans cette cohue innommable peuplant la Reeperbahn et ses alentours. Mais cela, bien qu'ils le sachent, les supérieurs de Gehrard n'en tenaient aucun compte lorsqu'il s'agissait de mettre des notes pour l'avancement de leurs subordonnés. Amer, le commissaire se considéra comme le plus déshérité de l'Allemagne fédérale. Quand on frappa à sa porte, il grogna plutôt qu'il n'ordonna d'entrer. En voyant Schwenke, sa mauvaise humeur redoubla :

— Qu'est-ce que vous voulez, inspecteur ?

— Vous rendre compte des premières constatations effectuées avec mon collègue Hübner à propos du meurtre de la Paul Roosen Strasse.

— Pour quelles raisons est-ce vous deux qui étiez là-bas ?

— Parce que nous sommes de service le dimanche soir, monsieur le commissaire.

« Voilà bien ma veine, pensa Gehrard, d'avoir à compter sur ces deux épaves dans une histoire pareille ! Mais quand les chsoes se mettent à ne pas tourner rond, elles continuent sans qu'on n'y puisse rien changer. » Il poussa un soupir résigné.

— Je vous écoute.

Lorsque l'inspecteur eut terminé son rapport, le commissaire conclut :

— Si j'ai bien compris, le client de cette femme

l'a payée en la tuant et lui a volé son sac. Le crime crapuleux dans toute son ignominie ?

— A mon avis, monsieur le commissaire, c'est ce qu'on a voulu nous pousser à croire.

— Qu'entendez-vous par-là ?

— Le vol du sac, c'est pour nous jeter de la poudre aux yeux. Nous sommes en présence d'un crime passionnel.

— Sur quoi vous basez-vous pour l'affirmer ?

— Sur le fait que je connaissais la victime.

— Vraiment ?

— C'était cette petite Annelore dont vous m'entreteniez il y a quelques heures, monsieur le commissaire.

— Ah !...

Rolf ne savait plus très bien quelle attitude prendre. Il devinait le chagrin de son inspecteur, et, bien qu'il fût tenté d'en rire, il ne pouvait faire autrement que d'en tenir compte. Il s'humanisa.

— Je regrette, Schwenke...

Helmut eut un geste pour montrer que les condoléances importaient peu.

— Je pense, naturellement, que vous comptez prendre l'affaire en main ?

— C'est ce que je suis venu vous demander, monsieur le commissaire.

— Et vous vous sentez de taille à aboutir ?

— Je réussirai, monsieur le commissaire, et j'amènerai le meurtrier dans votre bureau.

— Des indices ?

— Presque des certitudes.

Gehrard respira. L'histoire changeait d'aspect. En s'appuyant sur le ressentiment de Schwenke, il pouvait espérer un succès qui lui permettrait de se faire pistonner en vue d'un changement de poste. Il se montra presque aimable pour annoncer :

— Eh bien ! c'est entendu, Schwenke, je vous charge de trouver le coupable. Si vous avez besoin d'aide, prenez qui vous voudrez, pourvu que cela ne nuise pas au service. Pour vous, je vous dégage de toute obligation pendant... mettons huit jours. Au bout de ce laps de temps, vous viendrez me dire où vous en êtes et nous verrons à ce moment ce qu'il y a lieu de décider.

— J'en aurai terminé avant huit jours, monsieur le commissaire.

— Alors, vous aurez droit à mes félicitations, inspecteur, et, dans ce cas, nous pourrons réétudier ensemble votre demande de prolongation de service.

Hübner félicita son ami d'avoir pris une sorte de revanche sur Gehrard.

— Et maintenant, Helmut, à toi de jouer... J'ai l'impression que les choses sont moins simples qu'elles nous l'ont semblé à première vue. Ce Joachim, auquel il semblait tout naturel de mettre la main au collet pour terminer l'aventure, ne s'identifie peut-être pas avec le coupable, après tout... Est-il venu à un rendez-vous seulement ? Et s'il y est venu, n'a-t-il pu trouver Annelore morte et se sauver ?

— Pourquoi n'a-t-il pas signalé le meurtre, dans ce cas ?

— S'il s'était rendu auprès de la jeune femme pour rompre, il ne tenait pas à ce qu'on connaisse ses relations avec elle.

— On peut bâtir toutes les hypothèses. Une chose est certaine, Annelore a été assassinée par quelqu'un qu'elle connaissait bien et dont elle n'avait pas peur, sans quoi elle eût crié sitôt qu'il se serait montré et c'est pourquoi je ne crois pas que Kliemann soit le coupable.

— Tu préfères Joachim ?

— Jusqu'à preuve du contraire, oui... Mais il y a aussi l'amant éconduit auquel elle a signifié la rupture et le fiancé d'autrefois à qui elle a téléphoné pour lui annoncer son prochain mariage.

— Tu ne m'avais pas parlé de ces deux-là ? Dis donc, elle m'a l'air d'avoir eu une vie sentimentale plutôt agitée, ta protégée ?

— Elle était seule...

— On en revient toujours là... Entre nous, je ne vois pas trop pourquoi l'ex-fiancé lui aurait fait passer le goût du pain ?

— Moi non plus, mais, dans ces histoires, il ne faut pas essayer de comprendre.

— Qu'est-ce que tu vas faire, puisque te voilà le patron maintenant ?

— D'abord interroger Schlüter et le forcer à me révéler qui a rendu visite à la petite, puis mettre la main au plus tôt sur Kliemann, enfin, dès l'ouverture des bureaux où il travaille, j'aurai une conversation avec le jeune Joachim et j'ai le sentiment qu'il aura du mal à éviter de coucher en prison demain matin, ou mieux ce soir puisqu'il est presque deux heures du matin.

— Tu vois un mobile ?

— Ça doit être un jeune homme plein d'ambition et, s'il consentait à se distraire avec Annelore, il n'a jamais dû envisager de l'épouser. Si Annelore l'a menacé d'un scandale risquant de lui coûter sa place, il aura perdu la tête.

— Qu'il ait pris soin de mettre des gants ne semble pas l'indiquer.

— C'est vrai ! Je rencontrerai aussi les autres. Ce sera sans doute difficile, Otto, mais je t'affirme que je l'aurai, ce salaud !

— J'en suis sûr, Helmut, et je suis avec toi. Je rentre me reposer. On se retrouve vers midi ?

— D'accord, j'espère avoir du nouveau à t'apprendre.

— Tu ne penses pas que tu devrais dormir un peu pour être plus en forme ?

— Dormir ? Je n'en ai pas envie...

— Je te comprends. A tout à l'heure, Helmut.

— A tout à l'heure.

Lorsque l'agent qui l'avait tiré de sa cellule pour l'introduire dans le bureau de Schwenke eut refermé la porte sur lui en sortant, Schlüter se mit à trembler. Cet inspecteur lui inspirait une peur panique. Il devinait en lui autre chose qu'une volonté professionnelle. Il sentait que ce policier à l'air fatigué était capable de n'importe quoi pour trouver l'assassin de la fille Erben. Josef n'avait rien d'un dur. Il vivotait difficilement depuis la fin de la guerre, des revenus de son hôtel dont il pressurait les pensionnaires, ouvrant trop facilement leurs chambres à qui voulait leur rendre visite. Il rendait de menus services à droite et à gauche et tenait de temps à autre l'emploi de receleur pour de petits larcins. Un médiocre qui se contentait de peu avec des risques légers pour ne pas avoir à travailler.

— Asseyez-vous, Schlüter.

La fausse douceur de cette voix le fit tressaillir. Il obéit. Helmut approcha sa chaise de la sienne, si bien que les deux hommes se touchèrent presque les genoux.

— Schlüter, nous n'allons pas jouer au plus fin. Pour commencer, je dois vous signaler que je connaissais la victime ; elle était mon amie, ma protégée, vous comprenez ? En l'assassinant, le meurtrier m'a — sans le savoir peut-être — lancé un défi. Je le relève. Quoi qu'il arrive et par n'importe quel moyen, je veux l'empoigner, même si cela doit être ma dernière affaire. Je vais atteindre ma retraite, Schlüter, je n'ai plus rien à perdre, je n'ai plus à me soucier de bonnes ou de mauvaises notes. Je vous raconte tout cela pour bien vous persuader que je ne reculerai devant aucune méthode pour parvenir à mes fins. Vu ?

Schlüter avait la gorge trop serrée pour pouvoir répondre.

— Tout à l'heure, vous nous avez menti, Schlüter.

— Monsieur l'inspecteur, je...

— Taisez-vous ! Vous répondrez quand je vous

interrogerai, pas avant. Vous nous avez menti, Schlüter, car nous savons qu'Annelore Erben a reçu plusieurs visites ce soir... Le dernier qui est parti de l'hôtel et dont vous m'avez fait une fausse description, disant le contraire de tout ce que je vous proposais, automatiquement, au point de tomber dans un piège grossier, vous le craignez... qui est-ce ?

— Je vous jure, inspecteur...

Une gifle étouffa le reste de la phrase.

— Ne commencez pas à mentir, Schlüter, si vous tenez à garder votre visage intact.

Josef pleurnicha :

— Vous n'avez pas le droit...

— Le droit ? Et celui qui a tué Annelore, il en avait le droit, sans doute ? A votre avis, Schlüter ?

— Non, bien sûr, non...

— Alors, pourquoi vous faites-vous son complice ?

— Mais je ne sais pas qui...

— Ça, c'est mon affaire, pas la vôtre. Je vous demande simplement de me raconter ce qui s'est passé ce soir et pourquoi vous avez prévenu la police.

— Je vous l'ai déjà dit, j'étais monté...

— Et pourquoi étiez-vous monté, Schlüter ?

— Une idée comme ça...

La gifle assenée avec violence fit osciller la tête du prisonnier. Hoquetant de rage et de peur, il demanda :

— Pourquoi vous me frappez ?

— Une idée comme ça... Mettez-vous bien dans le crâne, Schlüter, que je vous assommerai s'il le faut, mais vous parlerez ! Nous avons, d'ailleurs, tout notre temps.

Schwenke se leva, ôta sa veste qu'il accrocha soigneusement au dossier d'une chaise et retroussa les manches de sa chemise. Schlüter le regarda, épouvanté. Il bégaya :

— Qu'est-ce que vous allez faire ?

Helmut sourit :

— Tu ne t'en doutes pas un peu ?

— Je ne veux pas !

— Ça ne dépend que de toi... A propos, tu connais Hans Kliemann ?

— Non.

De nouveau, sous la gifle sèche, la tête de Schlüter vacilla.

— Tu n'as pas dû bien entendre ma question. Je répète donc, puisque je t'ai dit que nous n'étions pas pressés. Tu connais Hans Kliemann ?

— Oui.

— J'étais certain que tu n'avais pas entendu, tu vois. Il y a longtemps que tu ne l'as pas rencontré ?

— Plusieurs années.

La gifle claqua comme un coup de fouet. Schlüter hoqueta et les larmes inondèrent son visage.

— Vous êtes une brute !

— C'est sans doute vrai, mais le problème n'est pas là. Je te demande, Schlüter, s'il y a longtemps que tu as rencontré Hans Kliemann ?

— Vous savez bien qu'il est en prison.

Cette fois, la main du policier atteignit la bouche

de Schlüter et, en sentant le goût du sang sur ses lèvres, il faillit s'évanouir.

— Tu ne vas pas être joli à regarder tout à l'heure. Tu as tort de t'entêter. Reprenons : il y a longtemps que tu as rencontré Hans Kliemann ?

— Non.

— Je suis heureux de constater que la mémoire te revient. Quand l'as-tu vu ?

— Dans la rue, il y a quelques jours.

— Comme tu voudras...

Une fois encore, Schwenke le gifla à toute volée.

— Je porterai plainte !

— Ça m'est bien égal. D'ailleurs, si tu m'obliges à continuer la séance, tu ne seras pas en état de porter plainte.

— On verra comment vous m'aurez arrangé !

— Et après ?

— Vous serez mis à pied !

— Et après ? Un autre me remplacera, Schlüter... Ils sont tous avec moi dans cette histoire et ils auront ta peau d'une manière ou d'une autre. On se rappellera que tu es un peu maquereau, receleur aussi à l'occasion et quand on viendra t'arrêter, tu te seras défendu, et celui qui t'aura abattu sera couvert par les témoignages de ses collègues. Il t'a raconté, Kliemann, comment nous l'avons eu avec Walter Sorge ? Du beau travail...

— Salaud !

Helmut se mit à rire.

— Tu n'es pas poli, Schlüter... Tu vas me contraindre à te corriger...

Il leva le bras et Josef hurla :

— Non ! Non ! Assez !

— Alors, réponds : quand as-tu vu Kliemann pour la dernière fois ?

Le visage tuméfié, Schlüter hésita encore un moment puis, se décidant :

— Tout à l'heure.

Schwenke prit une large inspiration avant de remarquer :

— Voilà qui est mieux... Tu vas voir qu'on finira par s'entendre très bien tous les deux... Il est venu voir la petite, hein ?

— Oui...

— A quelle heure ? Et surtout, attention, ne ment pas !

— Juste avant que je téléphone.

— C'est lui qui l'a tuée ?

— Sincèrement, je ne crois pas, monsieur l'inspecteur...

— Pourquoi ?

— D'abord, parce qu'il n'a pas eu le temps, ou alors il aurait fallu qu'il fasse ça au revolver ou au couteau, la porte à peine ouverte... et c'est pas le cas. Quand il s'est présenté et qu'il a demandé après Annelore Erben, je l'ai reconnu et j'y ai dit : « Kliemann, viens pas t'amuser à faire des histoires ici ? C'est une maison honnête et je veux pas avoir d'embêtements. » Alors, il m'a répondu : « C'est juste une petite visite en copain, quoi ! Je sors de taule, tu penserais pas que j'ai envie d'y retourner, des fois ? Et puis, Annelore, elle est trop bien protégée par les poulets pour que je m'amuse à lui faire des vacheries... Je vais te dire, Schlüter, je voudrais signer la paix avec elle pour que ses copains flics, ils me foutent la paix à moi... Tu y es ? » Ça se tenait, hein, monsieur l'inspecteur ? Surtout que c'est pas un mauvais bougre, au fond, ce Kliemann... Enfin, bref, j'y ai donné le numéro de l'étage, mais il y avait pas une minute — non, sûrement pas une minute — qu'il m'avait quitté que je le vois se ramener, la figure verdâtre. Il a tout juste pris le temps de me glisser : « Pour une maison honnête, tu repasseras, Joseph... Monte donc là-haut, y a un joli spectacle qui t'attend... Moi, je me tire et tu m'as pas vu, d'accord ? » Il a même pas attendu ma réponse pour disparaître. Le feu aux fesses, quoi ! Alors, je suis monté, monsieur l'inspecteur, et je suis vite redescendu pour téléphoner.

— Il portait des gants, Kliemann ?

— Des gants ? J'ai pas remarqué, mais ça m'étonnerait... C'est pas son genre... Vous savez, monsieur l'inspecteur, c'est un minable dans sa profession, Kliemann.

— Et c'est pour un minable que tu te fais tabasser ?

— C'est aussi un copain et qu'a jamais eu de chance.

— Je parie que tu te sens plus à ton aise, maintenant ?

Schlüter se redressa sur sa chaise et sa voix vibrait d'orgueil.

— Je me suis conduit en homme, pas vrai, monsieur l'inspecteur ? Il a fallu que vous me cogniez pour que je vous raconte au sujet de Kliemann...

— Et tu ne saurais pas où il habite, par hasard ?

— Ah ça !... Mais ces gars-là, ils sont fidèles à leur quartier... et puis, ils ont pas beaucoup d'imagination... C'est des bourgeois, si on peut dire... Avant de tomber, il logeait *Aux Rois Mages,* dans la Chemnitz Strasse. Il y est peut-être encore... ou dans les environs...

— J'aime bien quand tu te laisses aller comme cela à bavarder, Schlüter, cela prouve que tu n'es pas idiot et que tu comprends où est ton intérêt... Je suis convaincu que maintenant tu vas nous aider autant que tu le pourras... Tu n'avais rien contre Annelore Erben ?

— Rien, monsieur l'inspecteur, et même, elle me plaisait bien, toujours un mot aimable, toujours un sourire... Elle me rapportait mon tabac quand je pouvais pas sortir.

— Alors, tu n'es pas d'accord pour ce qui lui est arrivé ?

— Je trouve que c'est dégoûtant et, foi de Schlüter, monsieur l'inspecteur, je vous donnerai un coup de main pour empoigner le salaud qui a fait le coup !

— Oh ! Oh !... Du zèle ?

— J'admets pas qu'on vienne commettre des saloperies pareilles dans mon hôtel !

— Je te crois sur parole et à partir d'à présent, on travaille ensemble.

Helmut rabaissa les manches de sa chemise et remit son veston, puis il alla s'installer de l'autre côté de la table.

— Asseyez-vous en face de moi, Schlüter.

L'hôtelier obéit.

— Vous n'êtes plus un suspect. Quand nous en aurons terminé, vous rentrerez chez vous. Vous avez ma confiance.

— Merci, monsieur l'inspecteur.

— On va reprendre les choses au début. A quelle heure est-elle rentrée, Annelore, ce soir ?

— Je pourrais pas vous dire exactement, mais presque tout de suite après vingt et une heures.

— Elle ne vous a rien dit de spécial ?

— Elle en a pas eu le temps.

— Pourquoi ?

— Parce qu'il y avait un type qui l'attendait. Il était venu vers vingt heures trente.

— Décrivez-le-moi ?

— Un jeune... entre vingt-huit et trente-trois, trente-cinq ans... plutôt petit et râblé... brun, l'air d'un monsieur... Celui-là, il portait des gants clairs... Il paraissait nerveux. Quand Annelore est entrée, il s'est levé d'un seul coup et il a presque crié : « Annelore ! » Alors, c'est à ce moment seulement qu'elle l'a vu.

— Est-ce qu'elle semblait effrayée ?

— Pas du tout, elle s'est mise à rire.

— Elle ne lui a pas parlé ?

— Si... mais je me souviens pas bien... Quelque chose comme : « Qu'est-ce que vous venez fabriquer ici ? Vous avez laissé passer votre tour, mon pauvre... » et, là, un prénom, mais je me rappelle plus lequel... Klaus... Lukas...

— Ce ne serait pas... Mathias ?

— Si. Ah ! par exemple, comment vous avez fait pour deviner ? C'est bien Mathias, en effet !

— Après ?

— Il s'est approché d'elle et il s'est mis à lui en raconter, mais à voix basse, si bien que j'ai rien entendu... Ça a bien duré deux minutes... Et puis Annelore, elle a déclaré avec un ton pas très aimable : « Bon ! Si vous voulez... Quoique je vois pas ce que vous pourriez me dire pour me faire changer d'avis... Mais je vous garde pas plus de cinq minutes parce que j'attends quelqu'un... et s'il vous trouvait dans ma chambre, ça ferait du vilain... » Alors, là, je suis intervenu : « Mademoiselle Annelore, j'ai fait, n'oubliez pas que je ne veux pas d'histoires et si ce monsieur, il vous embête, je vais lui demander de sortir ? » Elle s'est remise à rire : « Non, non, qu'elle a fait, n'ayez pas peur, monsieur Schlüter, c'est un vieux copain d'autrefois. Il a des secrets à me confier... » Quand ils ont été enfermés là-haut, j'étais pas tellement rassuré. Je me suis avancé dans l'escalier et j'ai prêté l'oreille. J'ai bien entendu qu'ils se disputaient, même qu'à un moment, elle a crié : « *Vieh !* » Mon sang, il a fait qu'un tour. J'ai été chercher la matraque qu'un gars de la police anglaise il m'a donnée en souvenir, et je m'apprêtais à grimper à l'étage lorsque le gars, il a descendu à toute vitesse. Il m'a presque

(1) Brute !

bousculé pour passer. Je suis quand même allé me rendre compte. Annelore, elle pleurait en se frottant les poignets. J'y ai demandé : « Il s'est mal conduit, ce garçon ? » Elle m'a répondu : « Ça ne fait rien, monsieur Schlüter... Il est parti, bon débarras... Je vais me refaire une beauté parce que j'attends... mon fiancé... »

— Vous avez bien vu qu'elle se frottait les poignets ?

— Oui. Pourquoi ?

— Pour rien... pour rien... Alors, vous êtes retourné à votre bureau ?

— Oui, et puis, vers les vingt-deux heures, en voilà un autre que s'amène, nettement plus vieux, celui-là, avec des lunettes. Un grand maigre aux cheveux filasses dont les mèches passaient de dessous son chapeau. Il m'a demandé Mlle Annelore Erben. Même que je me suis dit qu'elle aurait pu choisir mieux comme fiancé, la petite, que ce bonhomme triste. Il est monté. Il n'est pas resté longtemps non plus et quand il s'est ramené, j'ai pensé que pour un amoureux, il devait manquer de conversation. Je lui ai lancé un bonsoir aimable, mais il n'a pas répondu. Simplement, il a tourné la tête vers moi et j'ai vu qu'il pleurait. Je dois reconnaître que ça m'a fait une drôle d'impression. Je pensais bien que c'en était terminé de cette corrida et je suis allé casser une croûte. J'étais en train de me faire une côtelette quand voilà la fräulen Erben qui rapplique. Elle semblait toute retournée. J'y ai dit :

— Quelque chose qui tourne pas rond ?

« — Les hommes, ils sont à moitié fous, monsieur Schlüter.

« — Ça, c'est bien vrai ! Celui qui vous quitte, il paraissait pas être dans son assiette.

« — Ils ne pensent qu'à eux, monsieur Schlüter... Vous n'auriez pas une goutte de quelque chose de fort ? Je ne me sens pas bien.

« — Vous êtes pas malade, au moins ?

« — Non, c'est l'émotion.

« — Alors, j'y ai donné un verre de kummel. Elle l'a bu d'un coup et elle a manqué s'étrangler. Il a fallu que j'y tape dans le dos. Quand elle a repris son souffle, elle s'est mise à rire.

« — Je ne ferais pas une bonne buveuse, monsieur Schlüter... Merci, je me sens retapée.

« — Elle est remontée dans sa chambre et, moi, je suis retourné à ma côtelette, même qu'elle était trop cuite. »

— Et puis, Schlüter ?

— Et puis rien... jusqu'au moment où Kliemann s'est montré.

— Quelle heure ?

— Vers vingt-trois heures, je pense... En tout cas, j'avais mangé et fait ma vaisselle. Pour Kliemann, je vous ai expliqué.

— Oui, Schlüter, d'après ce que vous me racontez, c'est Kliemann qui a tué.

— Pas possible, monsieur l'inspecteur... à cause du temps !

— Vous me dites bien la vérité sur ce point, Schlüter ?

— Je vous le jure, monsieur l'inspecteur !

— Alors, si Kliemann n'est pas le meurtrier — les deux autres étant hors de cause puisque vous avez parlé avec Annelore après la visite de l'homme qui pleurait — il faut nécessairement qu'elle ait reçu un visiteur que vous n'avez vu ni entrer, ni sortir. Est-ce possible ?

— A condition d'abord qu'il ait guetté le moment où je mangeais, ensuite qu'il ait connu le numéro de la chambre de la demoiselle.

— Quand vous mangez, vous tournez le dos à la réception ?

— Ma foi, oui, à cause de la lumière...

— Vous avez un poste de radio ?

— Oui.

— Vous souvenez-vous, s'il marchait ?

— Il marche toujours.

— Alors, Schlüter, pas la peine de chercher plus loin. Le meurtrier s'est glissé dans votre hôtel et en est reparti entre le moment où Annelore vous a quitté et celui où Kliemann est arrivé.

— Quel malheur que je l'aie pas vu !

— Aucune importance, Schlüter, je le connais !

— Non ?

— Il couchera en prison ce soir et il ne sera pas près d'en sortir ! Rentrez chez vous, Schlüter, vous m'avez bien aidé et je vous en remercie. Tenez-vous tranquille et on ne vous embêtera pas.

— Merci. Bonne nuit, monsieur l'inspecteur

## CHAPITRE IV

Trois heures du matin. L'inspecteur Schwenke n'avait pas envie de rentrer à Dorfkrug. Il voulait finir l'affaire aussi vite que possible. C'était facile. Trop facile. Le premier visiteur après le départ duquel Annelore se frottait les poignets se révélait être l'ancien fiancé, Mathias Fischer. Pour quelles raisons était-il venu la voir ? Que désirait-il ? Le second, triste et qui pleurait en quittant la jeune femme, devait être Fritz Rohr, l'amant évincé. Sans doute aimait-il Annelore ? Kliemann se trouvait hors de cause. Restait Joachim à qui sa fiancée n'avait sans doute pas confié qu'Helmut connaissait son existence et son nom, sans quoi il ne se serait pas résigné à commettre son crime, signant sa condamnation du même coup. Le policier goûtait d'avance le plaisir qu'il éprouverait lorsqu'on le conduirait dans le bureau où travaillait cette crapule et que devant tout le monde, il lui annoncerait calmement : « Joachim Rescher, je vous arrête pour meurtre commis sur la personne d'Annelore Erben, cette nuit, au *Paisible Foyer* », et quand il le tiendrait là, dans ce bureau, comme il avait tenu Schlüter, il faudrait que le garçon ne fasse pas le malin, sinon il verrait ce qui lui arriverait ; Helmut souhaitait qu'il fît le malin. Mais l'inspecteur ne haïssait pas seulement Joachim Rescher, il détestait les autres, tous les autres, causes de la triste fin d'Annelore. D'abord Kliemann qui se trouvait à l'origine de tout. C'est par sa faute, sans doute, que Joachim avait reculé devant le mariage avec une fille ayant ce passé. Et puis, Mathias Fischer qui, avec un peu de compréhension, de tendresse, aurait pu transformer Annelore en quelqu'un de bien. Mais Mathias, sans se soucier du désespoir de celle qui croyait en lui, avait préféré une fiancée mieux rentée, plus sortable dans son monde. Ce Rohr, enfin, qui, profitant de l'abandon où se trouvait Annelore, s'était imposé salement, vilainement. Pourtant, celui-là seul l'avait peut-être aimée d'après le récit de Schlüter. Certes, Joachim paierait pour son crime, mais Helmut se jura que les autres aussi ne s'en tireraient pas sans dommage. Ils avaient saccagé l'existence d'Annelore et il allait apporter quelques troubles dans leur quiétude égoïste. La loi ne pouvait rien contre eux, mais à défaut de la loi, Schwenke, représentant de la morte, se promettait bien, sur le plan humain, de les obliger à regretter la manière dont ils s'étaient tous conduits à son égard.

Helmut Schwenke descendait tranquillement la Reeperbahn. A quoi bon se presser ? Son cœur se serra en pensant que, la veille, Annelore, à son bras, se lançait dans des projets d'avenir. Elle ignorait, cette petite, qu'on ne revient jamais en arrière, que ce qui a été écrit ne peut plus être effacé. Elle ne savait pas que les hommes n'ont de mémoire que pour les choses laides et que Joachim ne lui pardonnerait pas ce qu'elle avait été, même pendant très peu de temps. Aux yeux de la bonne société, ce n'était pas Kliemann le coupable, ni la faim, ni la peur, ni la solitude, mais elle, uniquement elle. Helmut crispait les poings. Après tant et tant de misères subies en commun, ne parviendrait-on pas à s'aimer les uns, les autres, à se tendre la main ? Dans son esprit fatigué par l'insomnie, l'image d'Adda se substitua peu à peu à celle d'Annelore. Adda non plus ne comprenait pas. Et voilà que, sous l'émotion de la mort atroce de sa protégée, Schwenke se demandait s'il ne s'était pas trompé en se figurant que dans la maison de Dorfkrug tout allait revenir comme avant ? Il revivait ces moments où il avait peut-être pris ses désirs pour la réalité. Les jeunes se trouvaient dans l'obligation de le prévenir. Adda s'en était chargée. On le mettait au courant, sans plus, et lui, l'imbécile qui s'imaginait... Son petit-fils serait élevé par sa grand-mère, ses parents et, sans doute, lui inculquerait-on le mépris pour le vieux policier, honte de la famille et à qui cette dernière ne pardonnerait pas le passé. Petit à petit, Helmut convenait qu'il s'était dupé dans son désir lancinant de retrouver sa place parmi les siens. Il réentendit le ricanement d'Otto à qui plus personne ne saurait en conter. Lui, il voyait clair et le policier, au moment de tourner dans la Grosse Freiheit, se demandait si en perdant Annelore, il n'avait pas perdu le dernier lien le rattachant à un monde qui le rejetait ? Schwenke témoignait de la mentalité du soldat qui, encerclé et se sachant perdu, veut abattre le plus d'ennemis possible avant de mourir. Cette enquête devait lui permettre de saccager un peu l'existence de tous ces gens qui, ayant été les adversaires d'Annelore, s'affirmaient aussi les siens. D'avance, il en goûtait un plaisir amer.

Dans la Friedstrasse, en passant devant *L'Ours*, Helmut jeta machinalement un coup d'œil à l'intérieur et il aperçut Gertrud en train de boire un café, debout, au comptoir. Sans réfléchir, il entra. A sa vue, Gertrud s'écria :

— Pas possible, camarade, vous faites du rabiot ?

— J'ai à te parler, Gertrud...

Au visage de son ami, la femme comprit que ce n'était plus le moment de plaisanter. Inquiète, elle murmura :

— Grave ?

— Triste, surtout...

Elle se tourna vers le patron :

— Günther, t'aurais pas un coin où on pourrait causer ?

Le cafetier, qui tenait à demeurer en bons termes avec la police, leur fit signe de le suivre et les introduisit dans sa cuisine.

— Là, vous serez tranquilles et si vous voulez pas repasser par la salle pour sortir, vous aurez qu'à filer par cette porte ; elle donne dans la cour.

Schwenke ne voyait pas comment raconter son histoire. Gertrud lui vint en aide :

— Vous avez eu des ennuis que vous n'êtes pas encore rentré chez vous ?

— Oui.

— J'ai entendu dire qu'on avait tué quelqu'un dans la Paul Roosen Strasse... C'est ça ?

— Oui, Gertrud... On a assassiné quelqu'un... On l'a étranglé... Quelqu'un que j'aimais bien...

Intriguée, elle scruta le visage de ce vieil homme et s'étonna de la douleur creusant ses traits. Ce n'était pourtant pas la première fois qu'on tuait dans Saint-Pauli ! Et tout d'un coup, elle devina :

— Ce n'est pas... ?

— Si, Gertrud... Annelore Erben...

— Annelore ! Mais pourquoi ? Et qui ?

Il eut un rire dur :

— ... Son cher fiancé, le gentil Joachim Rescher... Pourquoi ? Parce qu'il n'avait pas l'intention de se marier et que, la sachant enceinte, il a eu peur d'un chantage avec le scandale que cela risquait de déclencher...

— Le salaud ! Vous n'êtes pas encore allé l'arrêter ?

— J'ignore où il habite. Je le cueillerai à son bureau tout à l'heure.

Ils se turent, tout étant dit. Gertrud s'essuya les yeux, sans se soucier du rimmel qui lui tachait le visage.

— Je l'aimais bien, cette petite... Je croyais qu'elle s'en était tirée... Qu'elle finirait pas comme nous toutes... Et elle semblait tenir à son garçon si c'est celui avec lequel je l'ai vue l'autre samedi...

Schwenke bondit :

— Tu l'as vu, ce type, et tu ne me le disais pas ? A quoi ressemble-t-il ?

Elle haussa les épaules :

— Un type banal... jeune... brun, si je m'en souviens bien. Enfin, un de ces gars costauds qu'on aperçoit à chaque coin de rue et qui peuvent être les fils d'un armateur multimillionnaire ou d'une femme de ménage se saignant aux quatre veines pour que leur fiston puisse changer souvent de costume ou plus simplement de cravate...

— Où les avais-tu rencontrés ?

— Au *Zillerthal*... Ils dansaient ; moi, je me trouvais là avec... avec un ami, quoi... Annelore m'a adressé un petit signe de la main... Elle paraissait fière, heureuse... Je dois dire qu'à la regarder si jeune, si confiante, j'ai ressenti un brin de jalousie... Pauvre môme !... Dommage que vous le coinciez si vite, ce Joachim... Ça m'aurait plu de vous donner un coup de main.

— J'aurai sans doute besoin de toi, Gertrud... Je te confronterai avec lui pour que tu le reconnaisses...

— D'accord, mais à une condition ?

— Laquelle ?

— Que vous me laissiez lui raconter ce que je pense.

Helmut entendit sonner quatre heures quelque part. Les noctambules se faisaient plus rares. Ayant reconduit Gertrud jusqu'à sa porte, il était revenu sur ses pas et se trouvait sur la Gülhers Platz déserte, indécis quant à ce qu'il devait entreprendre dans l'immédiat et encore bouleversé par la courte scène qui venait de se dérouler devant la maison de Gertrud. Alors qu'il lui souhaitait une bonne fin de nuit, sa vieille camarade lui avait murmuré d'une voix qu'il ne lui connaissait pas :

— Excusez-moi, inspecteur, mais... mais je voudrais vous embrasser.

La surprise lui ayant coupé le souffle, Gertrud en profita pour ajouter très vite :

— Oubliez ce que je suis... Je sens que vous avez beaucoup de peine ce soir... que vous êtes seul à la porter... et puis qu'on doit pas souvent vous embrasser, vous non plus... Alors...

L'ayant pris aux épaules, elle l'avait embrassé sur les deux joues avec tendresse. Comme elle se dégageait, il la retint et lui rendit son baiser et puis, il était parti très vite, beaucoup plus bouleversé qu'il ne voulait le paraître. Une bonne fille, cette Gertrud, et qui, elle aussi, n'avait pas eu la chance avec elle. Mais où donc se tenaient les gens heureux ?

Planté au milieu de la Gülhers Platz, Schwenke regardait les fenêtres closes. Des hommes et des femmes dormaient tranquilles et lui, il était dans la rue, incapable de rentrer se coucher parce qu'un assassin, enfermé dans sa chambre, devait se féliciter d'être débarrassé d'Annelore. Helmut souhaitait qu'un voyou l'attaquât pour passer sa colère sur quelqu'un. Il partit au hasard, espérant que la marche le fatiguerait et qu'il cesserait de penser à Annelore étendue sur une des tables de la morgue en attendant que le médecin... Annelore qui tenait tant à ce qu'il fût présent à son mariage... Dans le calme de la nuit qui s'amplifiait au fur et à mesure que s'éloignait la rumeur de la Reeperbahn, l'inspecteur réentendait la voix de la petite : « Vous y viendrez, n'est-ce pas ? » Et voilà ce ne serait pas à ses noces, mais à son enterrement qu'il se rendrait... Et où la mettrait-on ? La fosse commune ? Tout en lui se révoltait à cette idée. Il aurait aimé qu'elle dormît au cimetière de Dorfkrug, mais il ne possédait pas assez d'argent pour payer une concession. Adda voudrait-elle entamer ses économies pour une inconnue ? Il demanderait à Gertrud et à Hübner... Perdu dans ses réflexions, il buta contre une boîte à ordures et manqua tomber. Il se redressa avec un juron et se rendit compte qu'il se trouvait dans la Chemnitz Strasse. Du coup, il pensa à Kliemann. L'idée que ce triste individu reposait peut-être paisiblement lui fut insupportable. Il décida d'en faire sa première victime. A l'hôtel des *Rois Mages*, il dut sonner longuement pour qu'on lui ouvrît. Le veilleur de nuit l'accueillit comme un chien dans un jeu de quilles.

— Qu'est-ce que vous voulez à cette heure-ci ?

— Quand je serai à l'intérieur, je vous le dirai.

— Y a plus de place, tirez-vous !

Ce n'était vraiment pas le moment de parler sur ce ton à l'inspecteur Schwenke. Il empoigna le bonhomme par le plastron de sa chemise crasseuse et le secoua.

— Qu'est-ce que c'est que ces manières ? C'est de cette façon qu'on reçoit les clients, maintenant ?

L'autre eut peur.

— Lâchez-moi ou j'appelle la police !

— T'auras pas à crier bien fort parce que c'est moi la police, figure-toi ! Allez ! Ouste ! Ote-toi de là que je puisse entrer !

Helmut, ayant abandonné le veilleur, pénétra dans l'hôtel. Ça sentait mauvais, la crasse et le renfermé. Le policier se tourna vers son hôte obligé :

— Ça pue chez toi...

— C'est pas un palace... Et si ça vous convient pas, hein ?

— Sois poli ou je t'embarque !

— D'abord, et d'une, qu'est-ce qui me prouve que vous êtes de la police ?

Schwenke sortit son insigne qu'il lui mit sous le nez.

— Ça !

Résigné, le bonhomme haussa les épaules.

— Bon. Alors, qu'est-ce que vous désirez ?

— La chambre de Kliemann.

— De qui ?

— Hans Kliemann.

— Connais pas.

— Ton livre ?

Il feuilleta le livre des entrées et sorties et, la rage au cœur, constata qu'aucun Kliemann n'y figurait.

Sur le trottoir, Schwenke entendit le veilleur fermer la porte à clef tout en grommelant des injures qui devaient s'adresser au policier. Mais, pour l'instant, Helmut n'en avait cure. Il refusait de rester sur un échec ; ce serait de mauvais augure pour son enquête. Il voulait mettre la main sur Hans Kliemann. Sans plus de succès, il se rendit aux deux autres hôtels de la Chemnitz Strasse, s'enquit aux bureaux de ceux de la Esmarchstrasse et ne découvrit pas davantage son gibier dans la Billrothstrasse. L'inspecteur reconnaissait que sa manœuvre s'avérait stupide et qu'aucune raison — sauf l'hypothétique force d'habitudes anciennes — ne militait en faveur de la résidence de Kliemann dans ce quartier. Parce qu'il n'avait rien d'autre à faire, Schwenke s'entêta et ce fut vers six heures, dans la Gühlerstrasse, à l'hôtel de *la Paix* qu'un garçon, les joues salies de barbe, l'œil chassieux, lui confirma que Hans Kliemann dormait dans la chambre 32, au troisième étage. Helmut se sentit payé de toutes ses peines et sa fatigue s'envola.

Hans Kliemann avait été long à trouver le sommeil. Quelle idée aussi d'être allé voir Annelore ! Heureusement qu'il s'était aperçu de sa mort avant que de la toucher, sans ça, ces salauds de flics, trouvant ses empreintes, auraient été trop contents de lui coller le crime sur le dos ! A peine sorti de prison, voilà qu'il se fourrait dans une histoire plus qu'embêtante, dangereuse. Il serait peut-être bon qu'il déménageât pour gagner un quartier qui l'écarterait des policiers de Saint-Pauli... Oui, mais comment vivre à Hambourg ailleurs qu'à Saint-Pauli ? Schlüter tiendrait-il sa langue ? Cacherait-il aux policiers sa visite ? En tout cas, Josef ignorait où il logeait. Cependant, il valait mieux prendre toutes les précautions et Kliemann se promit de se débarrasser, dès son réveil, de ce revolver qu'il avait cru malin d'acheter à sa sortie de prison pour se donner l'illusion d'être devenu un caïd au contact des autres prisonniers. Et puis, si Schlüter révélait sa venue, il pourrait témoigner qu'il était redescendu tout de suite, donc qu'il ne pouvait pas être le meurtrier, car il devait falloir un certain temps pour étrangler une fille en pleine force qui se débat. Sur cette pensée rassurante, il sombra dans un sommeil fiévreux hanté de cauchemars où des hommes en uniforme jouaient le rôle principal, si bien que lorsqu'on frappa rudement à sa porte, il fut long à se réveiller et à faire le départ entre ce qui appartenait au rêve et ce qui relevait de la réalité. Les coups brutaux qui suscitaient les exclamations indignées des voisins l'obligèrent à reprendre conscience. D'une voix embuée de sommeil, il demanda :

— Qu'est-ce que c'est ?

— Police ! Ouvrez !

Ce mot de police eut pour conséquence tout à la fois d'imposer le silence aux autres locataires dont les consciences plus ou moins troubles ne devaient pas être d'une propreté impeccable et de plonger Kliemann dans l'angoisse. La police, déjà ! Ainsi Schlüter avait cassé le morceau, mais comment savait-il son adresse ?

— Alors, Kliemann, vous ouvrez, oui ou non ?

Hébété, tremblant de peur, il sortit de son lit, glissa ses pieds douteux dans des babouches éculées et, grelottant dans son pyjama fripé, alla ouvrir. Schwenke entra et d'une bourrade envoya Hans s'asseoir sur sa couche tandis qu'il refermait la porte derrière lui. Reconnaissant l'inspecteur qui protégeait Annelore, Hans fut pris de panique. Il gémit :

— Ce n'est pas moi...

Helmut le considéra, un sourire railleur aux lèvres.

— Inspecteur, je vous jure que j'y suis pour rien !

— Faudra le prouver, bonhomme !

— Schlüter a dû vous le dire...

— Je me fiche de ce que Schlüter a raconté. C'est ton ami.

Le policier prit une chaise et l'installa à côté du lit.

— Maintenant, raconte et vite !

Kliemann ne parvenait plus à avaler sa salive.

— Tu te décides ?

— Inspecteur, il faut me croire ! J'ai pas touché à Annelore !

— Pourquoi lui rendais-tu visite ?

— Je voulais savoir ce qu'elle devenait...

— C'est gentil, ça... Tu te paies ma tête, Kliemann ?

— Mais non, inspecteur. Je vous...

— Tu te souviens de notre dernière rencontre ?

— Je suis pas près de l'oublier !

— Alors, je te conseille de dire tout de suite la vérité si tu ne veux pas qu'on recommence... Qu'est-ce que tu lui voulais à Annelore ?

— Je pensais pas à elle et puis, hier soir, je vous ai vus tous les deux sur la Reeperbahn... Elle vous a embrassé... J'ai pensé que vous étiez bien ensemble... que c'était un peu à cause de moi que vous vous étiez rencontrés...

— C'est sûrement à cause de toi, Kliemann !

— ... Et comme je me trouvais sans un... je me suis dit qu'elle refuserait peut-être pas d'aider un vieux copain...

— Un vieux copain ? Tu as vraiment du goût pour choisir tes mots... Continue ?

— Quand je suis arrivé devant sa chambre, la

porte était pas fermée, mais il y avait pas de lumière... J'ai cru qu'elle se trouvait aux toilettes... Je suis entré et j'ai appuyé sur l'interrupteur... Je sais pas comment j'ai fait pour pas crier... J'ai tout de suite compris qu'elle était morte... J'ai filé après avoir essuyé mes empreintes... et j'ai averti Schlüter, voilà...

— Et tu t'imagines que tu vas t'en tirer comme ça ?

Hans sursauta :

— Vous me croyez pas ?

— Si, je te crois. Ce n'est pas toi qui as étranglé Annelore...

— Ah ! tout de même...

— Seulement, c'est à cause de toi qu'elle est morte et ça, bonhomme, faudra le payer !

— A cause de moi ? Mais vous avez dit...

Brutal, Schwenke l'interrompit :

— Oui, à cause de toi, Kliemann ! Si tu n'étais pas intervenu dans sa vie, elle se serait mariée, elle n'aurait pas eu ce triste passé, elle aurait pu élever l'enfant qu'elle portait... Elle n'aurait pas été assassinée par un homme qui ne se sentait pas le courage de donner son nom à une fille qui t'avait connu !

Raide de peur, Hans murmura :

— Je me doutais pas...

— Tais-toi donc !

— Vous savez, moi, je l'aimais, Annelore...

Le poing d'Helmut s'écrasa sur la bouche de Kliemann qui partit à la renverse sur son lit.

— Il y a des mots que je te défends de prononcer, que tu n'as pas le droit de prononcer, tu entends ?

Redressé, Hans passa le dos de sa main sur ses lèvres et, le voyant taché de sang, gémit sourdement.

— Kliemann, mets-toi dans la tête que je n'admets pas que tu puisses vivre tranquillement maintenant qu'Annelore est morte. Je te coincerai où que tu ailles. Je te signalerai partout. Tu crèveras en prison, Kliemann, je t'en donne ma parole !

Effondré, le souteneur contemplait Schwenke d'un air ahuri. Comme pour se convaincre lui-même, il dit :

— C'est pas possible que vous soyez aussi vache...

— Fais-moi confiance, tu t'en apercevras bientôt ! Et pour commencer, tu n'aurais pas un peu de coco qui traînerait par-là ?

Tout en parlant, le policier entreprit de fouiller les affaires de Hans.

— Je me mêle plus de drogue, monsieur l'inspecteur... Cherchez tant que vous voudrez, j'ai rien à cacher !

Mais les mots s'arrêtèrent dans sa gorge car il venait de penser au revolver. Helmut s'aperçut du changement de ton et appuya :

— Tiens, tu ne sembles pas tellement convaincu ?

Flageolant sur ses jambes, Kliemann se leva.

— Ecoutez, monsieur l'inspecteur...

— Assis !

— Je voulais vous dire...

— Silence !

Au fond de la valise, Schwenke découvrit le revolver. Il en siffla de surprise.

— Belle arme !

Et doucement, il ajouta :

— Tu as un permis, je suppose ?

— J'ai pas encore eu le temps...

— Comme c'est dommage... Allez, habille-toi ! Je t'emmène...

— Où ça ?

— En cabane, mon bon. Suspect de meurtre et port d'arme prohibée. Je te tiens !

Fou de rage, Hans voulut se jeter sur le policier, mais ce dernier écrasa son pied nu d'un coup de talon et Kliemann hurla de douleur.

— Tu veux que je t'embarque en pyjama ?

Vaincu, reniflant ses larmes, Hans commença de s'habiller.

Aux lavabos du commissariat, Schwenke se regarda dans la glace et reçut un choc. Etait-ce vraiment lui ce vieillard au regard éteint, au cheveu terne, à la bouche crispée dans un rictus amer et dont les poches sous les yeux disaient assez une lassitude sans fin ? Helmut haussa les épaules. Il n'y pouvait rien. Usé jusqu'à la corde. Cependant il admit qu'il valait mieux se présenter aux bureaux de la puissante Unilever avec un autre visage, sinon on risquerait davantage de le prendre pour l'assassin en fuite que pour le policier chargé de le traquer. D'ailleurs, la demie de six heures venait de sonner et l'inspecteur avait tout le temps nécessaire pour aller chez lui procéder à sa toilette et se restaurer en attendant de rejoindre le bureau où travaillait Joachim Rescher.

Prétextant qu'il voulait marcher un peu, Schwenke fit arrêter la voiture de police bien avant d'arriver à sa demeure. Le chauffeur était lui-même trop fatigué pour s'étonner de quoi que ce soit. A peine Helmut eut-il refermé la portière qu'après une rapide salutation, son compagnon, en une manœuvre impeccable qui sentait l'Ecole de police, procéda à un changement de direction et fonça vers la Elbchaussée et Hambourg. Il lui tardait de se mettre au lit après une nuit passée au volant de sa voiture et une douzaine de rondes dans Saint-Pauli.

L'auto disparue, Schwenke se mit en marche, humant l'air à pleins poumons pour se désintoxiquer. Sans doute, la journée serait-elle belle. En dépit de l'heure matinale, le ciel se montrait déjà bien dégagé. On ne rencontrait encore personne sur les chemins bordés de petites maisons pimpantes aux fenêtres ornées de fleurs. Trop tôt. Les habitants de Dorfkrug savouraient leurs dernières minutes de repos avant que la sonnerie du réveil ne les fasse sauter dans leur lit et témoigner, à haute voix, d'une identique mauvaise humeur. Il est toujours plus difficile de se lever le lundi que les autres jours. C'est le moment où les plus sombres pensées assaillent les gens obligés de gagner leur vie et qui s'interrogent avec véhémence sur les tristes contraintes de la condition humaine. Le plus souvent, mari et femme se rendent mutuellement responsables de leurs écœurements respectifs et c'est pourquoi le lundi matin est un instant des plus périlleux pour la paix des ménages.

Par un petit chemin serpentant entre des maisons qui se faisaient de moins en moins élégantes au fur et à mesure qu'on s'éloignait de la voie principale, Schwenke gagna le cimetière de Dorfkrug. Il aimait cet endroit que la guerre avait épargné et ne laissait à personne d'autre le soin d'entretenir les tombes de sa famille. Depuis la fin des hostilités, Adda n'y avait jamais mis les pieds, comme si elle rendait les vieux morts responsables des souffrances endurées ; quant à Rudolf, il ne devait pas trouver le temps de s'occuper des défunts. Conrad Volnheim, qui avait accoutumé, chaque matin, d'effectuer ce qu'il appelait plaisamment le tour du propriétaire, marqua une légère surprise de rencontrer l'inspecteur devant la tombe de sa famille. Il attendit que Schwenke eût terminé ses méditations pieuses pour lui adresser la parole, les deux hommes se connaissant depuis fort longtemps.

— Bonjour, monsieur Schwenke...

— Bonjour, Volnheim.

— Vous êtes drôlement matinal...

— C'est-à-dire que je rentre seulement chez moi après une nouvelle nuit blanche...

Le gardien secoua la tête.

— C'est un travail que j'aurais pas pu faire... Moi, il me faut mon content de sommeil.

Et, désignant du menton les tombes qui les entouraient :

— ... C'est peut-être eux autres qui m'ont donné cette habitude...

Ils remontèrent l'allée en direction de la grille d'entrée. Mis de bonne humeur par la douceur de l'air, Volnheim continuait :

— Je me plais si bien dans ce calme que je vois plus comment j'aurais pu exercer un autre métier... Savez-vous, monsieur Schwenke, qu'il y a des moments où je me demande si je suis pas déjà mort ?

— Hé ! là !

— ... Tellement je me sens pareil à eux... Et puis, la mort, j'en ai pas peur... Je suis d'âge à partir... J'en ai vu assez. J'ai choisi ma place, dans le coin des pauvres... J'ai mis les sous de côté pour qu'on m'enterre là où je veux... tout à fait à l'angle nord, parce qu'on s'y croirait à la vraie campagne, il y a encore des fleurs qui y poussent... des fleurs des champs...

Helmut s'arrêta, imité par son compagnon.

— Cela tombe bien que vous me parliez de cela, Volnheim. Je voudrais faire enterrer une pauvre gosse de Saint-Pauli qui est morte cette nuit... Je la connaissais... Une qui n'a pas eu de chance, Volnheim. Pas de parents, pas d'amis... Ça me déplairait qu'on la mît à la fosse commune.

Volnheim, à travers ses paupières mi-closes, examina Schwenke. Il se demandait ce que signifiait cette curieuse confession. Mais il était assez vieux pour ne plus guère s'intéresser aux histoires d'autrui.

— Vous souhaiteriez qu'elle repose ici ?

— Si c'était possible.

— Bien sûr, que c'est possible... Juste à côté de moi, il y a encore de quoi en mettre plusieurs... Si ça vous dit, elle pourrait être ma plus proche voisine ?

— Vous êtes gentil, Volnheim... Et, pour le prix, ça va chercher loin ?

— Pas tellement. Dans les quatre cents marks, je pense... peut-être moins... faudrait que vous voyiez M. le conservateur.

— D'accord, je lui téléphonerai ce soir. Au revoir, Volnheim, et merci.

— Y a pas de quoi...

Ragaillardi, Helmut hâtait le pas pour rentrer chez lui. Il ignorait où il trouverait ces quatre cents marks, mais quelque chose en lui disait que ce serait possible et qu'Annelore ne serait pas perdue parmi des inconnus.

Lorsque Schwenke ouvrit la porte de sa maison, il trouva Adda qui passait dans le vestibule. Elle s'arrêta pour le regarder :

— Tu as l'air fatigué ?

— Je le suis.

— Des ennuis ?

— Un crime.

— Je sers le café, si tu en veux une tasse ?

Déjà installé, Rudolf salua son père.

— Tu rentres seulement ?

— Oui.

— C'est quand même un fichu métier !

Assis tous les trois autour de la table, ils offraient

l'image d'une famille unie et, pourtant, Helmut s'y sentait étranger. Adda s'occupait de son fils, lui préparant ses tartines, le poussant à reprendre du lait, du sucre. On eût dit une jeune maman gavant son bébé. Schwenke pensa à Annelore. Toujours cette injustice...

— J'ai eu une sale nuit...

Sa femme ne prêta pas attention à sa réflexion. Rudolf lui répondit :

— On a tué quelqu'un dans ton secteur ?

— Oui... une pauvre gosse... On l'a étranglée.

Il se tourna vers Adda :

— ... Tu sais, cette petite Annelore dont je t'avais parlé et que j'avais réussi à remettre dans le bon chemin...

Indifférente à tout ce qui n'était pas son garçon, Mme Schwenke répliqua distraitement :

— Il faut croire qu'elle n'a pas dû y rester, sur ce bon chemin. Les filles comme il faut ne se font pas étrangler.

— Cela dépend des gens qu'elles ont la chance ou le malheur de rencontrer.

Le policier voulait justifier Annelore et il leur raconta son histoire. Quand il eut terminé, Adda le contempla avec surprise :

— On dirait que tu as vraiment de la peine ?

— J'ai de la peine, Adda... Je m'étais attaché à cette gosse.

— Je me demande bien pourquoi, par exemple ! Si elle avait mené un autre genre d'existence, tout cela ne serait pas arrivé !

— Elle s'est trouvée seule encore bien jeune...

— Ça n'est pas une excuse... Il y a des centaines d'autres jeunes filles qui sont livrées à elles-mêmes ; elles ne deviennent pas malhonnêtes pour autant !

Helmut commençait à s'énerver :

— Elle avait commis une erreur mais s'était rachetée. Je suis sûr qu'elle aurait fait une brave petite femme...

Rudolf se mit à ricaner :

— A condition qu'elle rencontrât un imbécile !

— Pourquoi un imbécile ?

— Un garçon bien, intelligent, n'épouse pas une fille avec un tel passé !

— Alors, elle devait payer son erreur toute sa vie ?

— Il y a des gestes pour lesquels il n'est pas de pardon possible.

Blessé par la dureté de son fils, Schwenke grogna :

— En tout cas, tout à l'heure, j'empoignerai le garçon qui l'a tuée et je te promets qu'il passera un sale moment !

— Encore faut-il que tu le confondes !

— Ne te fais pas de souci pour ça. J'ai son nom, l'endroit où il travaille et Gertrud Torner l'a vu, elle l'identifiera.

Adda intervint :

— Qu'est-ce que c'est encore que celle-là ?

— Une amie... Une vieille amie...

— Qui tire aussi ses ressources d'activités dégoûtantes, je suppose ?

— Dans mon métier, Adda, on fréquente plus de filles que de comtesses !

— Hélas !... En tout cas, je ne comprends pas pourquoi tu nous racontes toutes ces abominations ? Imaginerais-tu qu'elles nous intéressent ?

Helmut brûla ses vaisseaux.

— Annelore Erben est à la morgue à fin d'autopsie... Comme je te l'ai dit, Adda, je l'aimais bien... Je ne voudrais pas qu'elle aille à la fosse commune. A Dorfkrug, il y a encore de la place... mais ça coûte quatre cents marks.

Adda, qui servait une nouvelle tasse de café à son fils, suspendit son geste :

— Tu es devenu fou, Helmut ?

— Je ne vois pas ce...

— Tu ne penses quand même pas que je prendrai quatre cents marks sur nos pauvres économies afin d'enterrer une fille que je n'ai jamais vue et qui ne m'est rien ?

— J'espérais que...

— Eh bien ! tu as eu tort. N'en parlons plus et, désormais, je te serais obligée de garder tes vilaines histoires pour toi.

Otto avait raison. On est toujours seul. L'inspecteur se leva pesamment et, selon un geste habituel, fit tomber d'un revers de main les miettes de pain demeurées sur son gilet. Il gagna le cabinet de toilette. Se laver lui ferait du bien. Il ôta sa veste qu'il suspendit à l'espagnolette. Etait-il possible qu'Adda soit devenue aussi impitoyable ? En maillot de corps, il se savonnait vigoureusement le visage. Elle avait réduit le monde auquel elle s'intéressait à des limites si étroites que nul n'y pouvait trouver place à part Rudolf et Ilse. Prisonnier de ses pensées, Helmut n'entendit pas tout de suite qu'on frappait à la porte. Quand il en prit conscience, il était en train de se gargariser. Il poussa une sorte de grognement que Rudolf dut prendre pour une autorisation, car il pénétra dans la petite pièce. Il semblait un peu gêné et, intrigué, Helmut l'observa :

— Qu'est-ce que tu désires, fils ?

— Je n'ai rien voulu dire devant mère tout à l'heure. Elle n'aurait pas compris et se serait fâchée. C'est pourquoi j'ai forcé un peu la note et que j'ai dû te paraître une belle brute... Mais je suis d'accord avec toi pour cette pauvre fille... Il me semble que même si Ilse avait une histoire aussi... aussi lourde derrière elle... je la prendrais tout de même parce qu'enfin, ce n'est pas son passé que j'épouse, pas vrai ? Alors, écoute, père... J'avais mis cent marks de côté pour me payer un voyage avec les copains du club, mais je suis heureux de te les donner pour offrir une place au cimetière de Dorfkrug à ta protégée...

La gorge serrée, les paupières brûlantes, Schwenke écoutait son fils et son cœur battait à grands coups. Lorsque Rudolf eut achevé, Helmut le prit aux épaules et, avec toute la tendresse dont il était capable, murmura :

— Mon petit...

Rudolf parti, Adda dans sa cuisine, Schwenke entra dans sa chambre pour y changer de linge. Le bonheur qu'il venait de goûter l'avait brisé et il sentait la fatigue de la nuit engluer son corps. Il se laissa tomber sur son lit pour ôter ses chaussures. La fraîcheur de l'oreiller le tenta. Par jeu, il y posa sa joue, ferma les yeux et, sans y prendre garde, dériva dans un sommeil sans rêve.

# CHAPITRE V

Lorsque Schwenke se réveilla, il eut l'impression de ne s'être assoupi que quelques minutes. S'en voulant de cette faiblesse, il se hâta de finir sa toilette et fut étonné de se sentir ragaillardi. Allons, il n'était peut-être pas aussi usé qu'il se l'imaginait puisqu'il lui suffisait d'un court instant de relaxation pour se retrouver d'aplomb. Le jeune Joachim devait être sur le point d'arriver à son bureau et l'inspecteur pensa qu'il pourrait l'arrêter avant que toute la maison soit en plein travail. Le scandale serait moins grand, sa démarche plus discrète et les puissants directeurs de la firme s'en montreraient reconnaissants. En sortant de la chambre à coucher, Helmut passa tout de suite dans le vestibule, où il enfila son manteau. Il mettait son chapeau lorsque Adda, se montrant sur le seuil de la cuisine, demanda :

— Tu t'en vas au moment de déjeuner ?

Son mari la regarda sans comprendre :

— Déjeuner ? Mais tu oublies que j'ai pris mon café avec Rudolf et toi ?

— Qu'est-ce qui te parle de ton café ? Tu manges avec moi, oui ou non ? Il y a une omelette aux herbes...

Abasourdi, Hermut répéta :

— Une omelette aux herbes... Mais quelle heure est-il donc ?

Elle se retourna pour jeter un coup d'œil à la pendule murale de la cuisine :

— Presque une heure.

— Mais alors, j'ai dormi ?

— Et comment ! Tu as même ronflé, si tu tiens à tout savoir.

Machinalement Schwenke reposa son chapeau, quitta son manteau.

— Ça, par exemple... Adda, tu aurais dû me réveiller !

— Tu dormais de si bon cœur... et tu avais l'air tellement las quand tu es rentré, ce matin...

Il soupira :

— Bien sûr, je te remercie, mais j'avais une arrestation à opérer.

— Bah ! quelques heures plus tôt ou plus tard, quelle importance ! On a toujours le temps de priver les hommes de leur liberté. Assieds-toi donc à table, tu joueras au policier après.

L'inspecteur entra dans la salle à manger où les deux couverts étaient mis. Après tout, il n'y avait rien de grave dans ce retard. Peut-être même, si l'assassin éprouvait quelque inquiétude, l'absence de toute mesure à son égard le rassurerait, le confirmant dans sa certitude qu'il demeurait à l'abri des soupçons et Helmut avait une chance supplémentaire de le voir perdre son sang-froid. Le policier mangea de bon appétit. Son repas terminé, il se permit de fumer une pipe tandis que sa femme desservait.

— Adda ?

— Oui ?

— Tu sais que notre fils est quelqu'un de bien ?

— Tu t'en aperçois seulement aujourd'hui ?

— Disons que j'en ai eu la confirmation.

— A quel sujet ?

— Ah ! ça, c'est un secret entre lui et moi !

— Eh bien ! garde-le...

Elle était vexée et Schwenke en éprouva un plaisir attendri. Il n'allait sûrement pas lui confier l'offre de Rudolf à propos de l'enterrement d'Annelore, car Adda serait capable de piquer une de ses rares colères qui épouvantaient la maisonnée tout entière. Elle considérerait ce geste comme une trahison vis-à-vis d'Ilse et d'elle-même et accuserait son mari d'avoir une pernicieuse influence sur son garçon.

Au commissariat, Otto tentait une réussite et, lorsque Helmut se montra, il cria :

— Alors, c'est fait ?

— Quoi ?

— Joachim, tu l'as ?

— Non.

— Il a fichu le camp ?

— Je ne suis pas allé le chercher.

— Sans blague ?

Schwenke expliqua à son collègue sa mésaventure et Hübner conclut :

— Tu vois bien, Helmut, que pour toi aussi l'heure de la retraite a sonné. Ce n'est pas que nous soyons tellement vieux au point de vue de l'état civil, mais c'est l'intérieur qui est démoli. Les années qu'on a passées là-bas ont compté triple ou quadruple. Le moment est venu de dételer, crois-moi.

— Otto, que ça te plaise ou non, je me sens encore d'attaque et le nommé Joachim Rescher s'en apercevra d'ici peu. Autre chose. Je me suis rendu au cimetière de Dorfkrug...

L'inspecteur conta sa conversation avec le gardien.

— Tu comprends, mon vieux, si je réussis à faire enterrer Annelore à Dorfkrug, j'aurai l'impression de ne pas l'avoir abandonnée tout à fait, de pouvoir veiller encore sur elle...

— Tu es incorrigible, Helmut...

— ... Seulement, il faut que je trouve quatre cents marks.

— Inscris-moi pour cinquante, c'est tout ce que je peux faire.

Et Hübner, sortant son portefeuille, en tira un billet qu'il lança à Schwenke. En le ramassant, ce dernier avait les paupières qui lui picotaient et sa voix s'enroua :

— Merci pour elle et pour moi, Otto.

— Ça va, ça va... Ne commençons pas à nous attendrir, nous aurions l'air idiot ! Et pour les autres trois cent cinquante marks, comment t'arrangeras-tu ?

— J'en ai une cinquantaine en réserve et mon fils m'en a offert cent !

— Ton fils ?

— Oui, mon vieux Rudolf !

— Tu lui as donc parlé de cette histoire ?

— Pas à lui, à sa mère, mais en sa présence.

— Ou tu as un culot de tous les diables, ou tu es inconscient ? De quelle façon a réagi ta femme ?

— Mal... C'est tout juste si elle n'a pas dit qu'Annelore n'avait eu que ce qu'elle méritait. Quant à donner un sou pour procurer une tombe décente à cette malheureuse gosse...

— Je m'en doute...

— Rudolf est venu me trouver pendant que je faisais ma toilette. Il m'a confié qu'il m'approuvait et que je pouvais compter sur lui jusqu'à concurrence de cent marks.

— C'est curieux...

— Qu'est-ce qui est curieux ?

— Le geste de ton fils... Ça ne lui ressemble pas...

— Qu'en sais-tu ?

— D'après ce que tu me dis de lui depuis des années.

— Je me serai trompé sur lui comme sur beaucoup d'autres.

— Pourquoi pas, après tout ? Et les deux cents derniers marks ?

— Je pense que Gertrud nous les donnera ou nous les prêtera. Elle avait de la sympathie pour Annelore et ne voudra sûrement pas que la petite aille à la fosse commune.

— J'en suis persuadé. Eh bien ! dis donc, Helmut, tout s'arrange ou presque. On mettra Annelore à Dorfkrug et son meurtrier en prison. Que demander de plus ?

— Dans l'état présent des choses, rien.

Un planton entra et remit une lettre à Schwenke.

— C'est pour vous, monsieur l'inspecteur, de la part de M. le médecin légiste.

Le praticien confirmait que la mort d'Annelore était due à la strangulation, qu'elle n'avait été victime d'aucun poison, qu'elle se trouvait en parfaite santé et enceinte de trois mois au moins. Le docteur terminait en demandant ce qu'on devait faire du corps.

— Otto, si tu le veux bien, tu vas sauter à la morgue pour les prier de ne rien décider avant que je leur téléphone.

— D'accord.

— Pendant ce temps, je me rends chez Unilever. Ça peut exiger un certain temps, car il y a des précautions à prendre pour empoigner le plus discrètement possible ce petit salaud. De la morgue, tu iras voir Gertrud qui, à cette heure-ci, doit être encore couchée. Tu lui raconteras ce que nous avons décidé pour Annelore et qu'il nous manque deux cents marks. Puis, tu l'accompagneras jusqu'ici où je t'attendrai avec notre assassin. On les confrontera tout de suite et dès qu'elle l'aura identifié, j'emmènerai mon bonhomme — comme promis — chez le commissaire.

Otto se leva, s'étira.

— Entendu, patron. Peut-être serait-il indiqué que tu me confies où loge la dénommée Gertrud Torner ?

— Dans la Scheplerstrasse à l'hôtel de *La vieille ville*.

— Parfait. Quand se retrouve-t-on ?

— Disons trois heures.

Helmut n'avait pas cru bon de prendre une voiture de police pour se rendre sur l'Esplanade où se dresse le building d'Unilever, afin de ne pas éveiller l'attention. Il serait toujours temps d'appeler le commissariat par téléphone ou de réquisitionner un des taxis qui se tiennent en permanence devant les hôtels du quartier pour emmener l'inspecteur et son prisonnier. Avant de quitter son bureau, Schwenke glissa des menottes dans la poche de son pardessus.

Le temps était superbe et sur la Reeperbahn quasi déserte à ce moment de la journée, le soleil mettait un air de fête printanière. Le policier remonta vers le Heiligengesistfeld, où des amoureux se promenaient bras dessus, bras dessous en attendant le moment de retourner au travail et arriva à l'entrée de l'Esplanade, alors que deux heures venaient tout juste de sonner.

Schwenke interrogea le concierge, personnage important qui ne parut pas attacher grande attention à cet inconnu très simplement mis.

— M. le directeur du personnel, je vous prie ?

— Voyez les renseignements, au premier étage en face.

Au bureau des renseignements, une standardiste se débattait au milieu des fiches innombrables, tandis qu'une gentille blondinette chargée de recevoir les visiteurs donnait une agréable impression de la maison.

— Vous désirez, monsieur ?

— Je souhaiterais parler à M. le directeur du personnel.

— M. Schlumaïer ?

— J'ignore son nom.

— Vous n'avez pas de rendez-vous ?

— Non.

— Je crains, dans ce cas, monsieur, que ce ne soit difficile, car M. Schlumaïer est très occupé.

— Je pense, au contraire, mademoiselle, qu'il me recevra très vite si vous voulez bien lui porter la fiche que je vais remplir.

Sans répondre, la jeune fille tendit le bloc à Helmut qui inscrivit son nom, sa profession et nota urgent dans un coin. Après avoir lu, la préposée à la réception changea d'attitude. Schwenke crut même discerner un brin d'inquiétude dans sa voix quand elle lui dit :

— Veuillez attendre un instant, s'il vous plaît.

Son absence fut de très courte durée et dès qu'elle se montra de nouveau, elle annonça :

— Par ici, je vous prie.

L'inspecteur suivit la demoiselle qui ouvrit la porte d'un vaste bureau et s'effaça pour laisser entrer Helmut. Un homme d'une cinquantaine d'années, chauve, se leva pour recevoir son visiteur. Schwenke s'enquit :

— Monsieur Schlumaïer ?

— Parfaitement. Veuillez vous asseoir et me dire ce que je puis faire pour vous, bien que nous n'ayons guère de relations avec la police, d'habitude.

— Et je vous en félicite, monsieur. Malheureusement, c'est une triste mission qui m'amène aujourd'hui.

— Vraiment ?

— Un crime a été commis cette nuit dans le quartier Saint-Pauli et je suis chargé d'arrêter le meurtrier.

— Excusez-moi, monsieur l'inspecteur, mais je ne vois pas ce que...

— J'y arrive, monsieur. Le criminel est un de vos employés.

— Vous me surprenez, car nous avons l'habitude de trier sur le volet ceux que nous engageons, mais je pense que vous connaissez votre métier et que vous ne vous aventurez pas à la légère... Au surplus, une brebis galeuse peut toujours se glisser dans le troupeau à notre insu... Je compte sur votre discrétion, naturellement.

— J'ai pris soin de ne pas venir avec une voiture de police et dès que j'aurai passé les menottes à mon délinquant, vous aurez l'amabilité de faire appeler un taxi afin que nous effectuions une sortie aussi peu remarquée que possible.

— Je vous remercie infiniment, monsieur l'inspecteur. De qui s'agit-il ?

— D'un de vos ingénieurs, Joachim Rescher.

— Comment dites-vous ?

— Joachim Rescher, un garçon d'une trentaine d'années, à ce que je crois...

— Je vous demande pardon, mais ce nom ne me dit absolument rien. Nous allons vérifier.

Schlumaïer prit un énorme registre, tout en commentant :

— Dans ce livre sont inscrits tous ceux qui, à quelque titre que ce soit, travaillent pour nous à Hambourg et ailleurs... Voyons... Joachim Rescher...

Le directeur, se guidant avec le doigt, passa deux pages du gros livre en revue, puis regardant le policier en souriant :

— J'ai le regret et la joie de vous affirmer, monsieur l'inspecteur, que nous n'avons aucun Rescher parmi nos employés. Je crains que vous n'ayez été trompé ?

— Ce n'est pas possible que...

— Si vous voulez vérifier vous-même ?

— Non, merci... inutile... Le bougre avait pris ses précautions de loin... un faux nom pour abuser sa victime et se mettre à l'abri des poursuites quand il s'en irait...

— Je vous demande pardon ?

— Je parlais tout seul, monsieur le directeur... Il faut le reconnaître, nous avons été joués... Il ne me reste plus qu'à vous prier de m'excuser pour avoir abusé de votre temps...

— Mais c'est tout naturel, monsieur l'inspecteur.

M. Schlumaïer accompagna Schwenke jusqu'à la porte, mais ne lui tendit pas la main.

Désemparé, sur le trottoir de l'Esplanade, Schwenke tentait de se reprendre. Repensant à ses illusions depuis la découverte du crime, il se demandait avec rage comment il avait pu être naïf au point de croire qu'une simple visite suffirait pour mettre la main au collet du meurtrier. Hübner lui-même n'avait pas songé à la possibilité d'une duperie poursuivie depuis des mois. Il est vrai qu'Helmut en lui exposant les faits avec une telle assurance lui avait ôté toute envie d'ergoter. Parce que Gertrud connaissait de vue l'assassin, parce qu'Annelore citait son nom, ils s'étaient imaginé tous deux que ce Joachim existait bien et sous le nom donné. Une bévue de débutant. En admettant la réalité physique du tueur, ils avaient, du même coup, accepté son identité. Toute l'enquête devait être reprise à zéro et le commissaire Gehrard ne manquerait pas d'ironiser sur ces vieux policiers toujours enclins à la paresse et à prendre pour vérité ce qui n'était que l'espoir d'un travail facile. Mais quels que puissent être les reproches qu'on lui adresserait, Helmut savait qu'il ne prendrait pas de repos avant d'avoir passé les menottes à ce pseudo-Rescher.

L'inspecteur grimpa dans le tramvay 36 qui le déposa à l'entrée de la Reeperbahn. Qu'allait-il dire à Gertrud ? Déjà, il entendait les ricanements d'Otto. Gertrud demeurait le seul secours encore possible. Elle avait vu l'assassin. Elle le reverrait sans doute un jour.

Il n'était pas encore trois heures lorsque Schwenke entra dans son bureau où il trouva une note lui demandant de se rendre immédiatement à l'hôtel de *La Vieille Ville* dans la Scheplerstrasse, où l'inspecteur Hübner l'attendait.

Helmut respira en constatant qu'on ne voyait pas le moindre attroupement devant l'hôtel. Il avait craint le pire. La propriétaire, une grosse femme aboninablemen fardée, lui donna le numéro de la chambre de Gertrud tout en soulignant :

— Il y a déjà un monsieur...

Hübner guettait l'arrivée de son collègue et à peine ce dernier parvenait-il à l'étage qu'Otto lui fit signe d'approcher tout en portant vivement un doigt à ses lèvres. Intrigué, Schwenke s'avança. Le prenant par le bras, son camarade le tira dans la pièce dont il referma la porte derrière lui. Tout de suite, Helmut vit Gertrud allongée sur le lit. Gagné par cette ambiance de mystère, il chuchota :

— Elle dort ?

— Je ne pense pas qu'elle se réveille de sitôt.

— Ce qui veut dire ?

— Qu'elle est morte, Helmut.

— Morte ?

— Etranglée comme Annelore. Je l'ai trouvée tout à l'heure lorsque je suis venu la voir selon tes directives. Un autre s'était présenté avant moi.

Schwenke regardait Gertrud. Elle n'irait jamais dans sa petite ferme de Lünebourg. Sans qu'il en comprît encore les raisons, le policier devinait que cette femme était morte à cause de lui. Hübner lui tapa sur l'épaule :

— Tu as trouvé ton gars ?

— Non.

— Le contraire m'aurait étonné. Il ne pouvait pas être à son travail et ici. D'un côté, c'est préférable car nous n'avons qu'un seul assassin à chercher.

— Mais pourquoi Gertrud ?

— Parce qu'elle s'affirmait le seul témoin capable de l'identifier. C'est un garçon prudent et d'une belle force, Helmut, car Gertrud ne ressemblait pas précisément à une poupée. Il l'a eue sans doute par surprise...

— Ce qui me dépasse, c'est que, le connaissant, elle l'ait quand même reçu... qu'elle ne se soit pas méfiée...

— Faut croire qu'il lui a donné de bonnes raisons. A nous de les découvrir. Qu'est-ce qu'on pense de lui chez Unilever ?

Schwenke rapporta son échec. Otto ne cilla pas.

— Je m'y attendais un peu. Ça se présentait trop bien. Si tu veux mon avis, nous ne sommes pas sortis de l'auberge... Mettre la main sur quelqu'un qu'on n'a jamais vu et dont on ignore l'identité ! Joli travail... J'ai le sentiment qu'il est tiré d'affaire maintenant, le salaud, à moins d'un hasard...

— Tu as prévenu chez nous ?

— Pas encore, je tenais à ce que tu sois au courant d'abord...

— Tu n'as rien déniché ?

— Non.

Ensemble, ils redescendirent et pendant que son

collègue alertait les services intéressés, Helmut s'enfermait avec la propriétaire de l'hôtel dans la chambre de cette dernière. Méfiante, la grosse femme regimbait :

— Vous avez de drôles de manières... Et, premièrement, qui êtes-vous ?

— Police.

— Après qui vous en avez ?

— Un assassin.

— Chez moi ?

— Ce n'est pas l'assassin qui est chez vous, mais sa victime...

— Ah ?

— Gertrud Torner.

La patronne blêmit jusqu'aux lèvres en dépit de son fard.

— Vous voulez dire qu'elle... qu'elle est...

— Morte, oui. Etranglée. Alors, vous nous aidez, oui ou non ?

— Mais... mais bien sûr... c'était une bonne amie, Gertrud.

— Raison de plus pour nous fournir tous les renseignements que vous pourrez... Qui a-t-elle reçu ce matin ?

— Juste une visite avant celle du monsieur qui vous accompagne.

— A quelle heure ?

— Je finissais de déjeuner... Vers une heure et demie, je pense ?

— Un homme ?

— Oui.

— Jeune ? Vieux ?

— Plutôt jeune, à ce qu'il m'a semblé.

— Pourquoi ? Vous ne l'avez pas vu ?

— C'est-à-dire qu'il portait des lunettes noires, un chapeau qui lui descendait sur les yeux et le col de son imperméable relevé.

— Et ça ne vous a pas semblé bizarre ?

— Si, mais s'il fallait s'occuper des bizarreries des gens qu'on rencontre ici !

— Qu'a-t-il demandé ?

— Si c'était bien là qu'habitait Gertrud Torner... Avec une drôle de voix, d'ailleurs...

— Que voulez-vous dire ?

— Je sais pas trop... Sa voix n'allait pas avec son physique... Trop haute... trop perchée...

— Il le faisait exprès pour éviter toute identification... Il est malin et il prend des précautions... Vous lui avez indiqué la chambre de Gertrud ?

— Pourquoi l'aurais-je pas fait ?

— Et il est monté ?

— Il est monté, oui. Seulement, Gertrud devait dormir encore parce qu'il a frappé longtemps avant qu'elle lui réponde. Vous comprenez, Gertrud, elle se levait tard... Elle récupérait... Ils ont parlé un bon moment à travers la porte mais j'ai pas entendu ce qu'ils se racontaient...

— Dommage...

— Si j'avais pu deviner !

— Si on devinait, il n'y aurait jamais de crime, madame.

La police arrivait. Après avoir donné leurs instructions, Schwenke et Hübner sortirent sans attendre le médecin légiste. Dehors, Helmut s'ouvrit de ses réflexions :

— Le tueur ne connaissait pas l'adresse de Gertrud. Quelqu'un la lui a donnée... Mais qui ?

— Un bistrot ?

— Allons-y...

Ils entrèrent dans tous les cafés du quartier, mais en vain ; personne ne put leur fournir la moindre indication. Soudain, Otto déclara :

— Réfléchissons. Le type sait qui est Gertrud et le métier qu'elle fait. Il ignore son adresse parce qu'il n'habite pas le coin ; il ne doit même pas en être un familier. Sans doute demande-t-il sur la Reeperbahn où il peut la rencontrer et qu'est-ce qu'on lui indique ?

— Tu as une idée ?

— Son quartier général, là où on a des chances de la trouver quand elle n'est pas occupée...

— *L'Ours !*

Il se précipitèrent vers la Friedstrasse. Günther, le patron de *l'Ours,* essuyait mélancoliquement les verres dans son bistrot désert. Comme tous ceux habitués à la vie nocturne, la lumière du jour le rendait livide. On sentait qu'il ne se trouvait pas dans son élément. En voyant entrer les deux policiers, son visage s'éclaira. Une conversation, même avec des « poulets » serait une distraction, mais tout de suite il se rendit compte que les deux flics n'étaient pas venus pour jouer les aimables. Il crut de bonne politique de demander :

— Bonjour, messieurs. Qu'est-ce que je vous offre ?

— Rien. Nous voulons vous parler.

Günther avait suffisamment de peccadilles sur la conscience pour n'être pas tellement rassuré quand la police s'adressait à lui sur ce ton.

— Je vous écoute ?

— Pas ici.

Il les emmena là où, au petit matin, Gertrud et Helmut échangeaient leurs impressions sur Annelore. Ils prirent place autour de la table. Günther fit une nouvelle tentative :

— Vous ne tenez vraiment pas à prendre quelque chose ?

— Merci, Günther... Il s'agit de Gertrud.

— Des ennuis ?

— Oui.

— Le plus gros possible.

Le patron s'apercevait bien que les deux autres épiaient ses réactions, mais il n'avait pas à feindre l'incrédulité.

— Je peux pas croire qu'elle se soit mal conduite... Ça lui ressemble pas... Je la connais depuis trop longtemps... Il y a sûrement erreur... Gertrud, c'est presque une sœur pour moi...

Otto glissa doucement :

— C'était...

— Je pige pas ?

— Je dis : c'était, Günther, parce que Gertrud est morte.

Il pensa d'abord à une plaisanterie de mauvais goût bien que ces deux-là n'aient pas la tête de petits rigolos et pourtant...

— On meurt pas comme ça, tout de même, et Gertrud n'était pas malade. Elle a passé la visite il y a quelques jours. En revenant, elle disait qu'elle vivrait jusqu'à cent ans dans sa ferme de Lünebourg.

— Elle se trompait.

— Enfin, tonnerre, si elle avait eu quelque chose de grave, elle l'aurait su !

— Elle ne pouvait pas deviner que quelqu'un lui serrerait le cou jusqu'à ce que mort s'ensuive !

Il mit quelques instants à réaliser et lorsqu'il eut compris, il se tassa sur lui-même :

— On a fait ça ?

— Oui.

Et d'un élan, Günther fut debout.

— Dites-moi qui... et même si je dois le payer de ma tête, je vous jure que je le descends !

Helmut étendit le bras :

— Du calme, Günther, du calme... Nous aussi, si on le tenait... Seulement, voilà, qui ?

Il y eut un long silence. Les policiers ne tenaient pas à interroger le patron, ils espéraient que s'il se rappelait quelque chose, il le leur confierait sans pour cela être mis sur la voie par des questions qui risquaient d'orienter sa pensée. Apaisé, il demanda :

— Et si c'était celui qui m'a téléphoné ?

Les inspecteurs poussèrent un soupir de soulagement : enfin !

— Parlez-nous de ce coup de téléphone ?

— C'était moi qu'étais au bar quand il a appelé. Je devais pas venir si tôt mais ma femme, elle est allée chez le coiffeur, c'est pour ça que je me trouvais là. Il a demandé où il pourrait dénicher Gertrud parce qu'il avait une commission à lui faire de la part de sa mère...

— Il a parlé de sa mère ?

— Plus exactement, c'est moi qui lui en ai parlé. Vous comprenez, il racontait qu'il arrivait de la province et qu'il avait vu une parente de Gertrud. Alors, j'y ai dit que ça devait être sa mère qu'est à Lünebourg. Il m'a répondu que oui et que lui aussi, il habitait Lünebourg...

Helmut pensa que ce pauvre Günther avait fourni toutes les excuses, tous les motifs imaginables au meurtrier pour justifier sa demande et, sans s'en douter, condamner à mort sa vieille amie.

— Sa mère, hein ? Je pouvais pas me méfier et j'y ai donné l'adresse de Gertrud...

— Quelle voix avait-il ?

— Sourde... J'entendais mal... même que j'ai dû lui faire répéter... On aurait dit, ma foi, qu'il était enroué...

De retour au commissariat, les inspecteurs apprirent que le commissaire Gehrard avait demandé à plusieurs reprises si Schwenke était rentré. Sans prendre la peine de poser son chapeau, Helmut gagna le bureau du patron.

— Alors, inspecteur, un nouveau crime ?

— Oui. Une fille... elle était de nos amies...

— N'entamons pas le chapitre de vos relations extra-professionnelles, je vous prie. Qu'est-ce que c'est encore que cette histoire ?

Schwenke narra les faits brièvement. Rolf tapa du poing sur son bureau.

— Enfin, qu'est-ce qui se passe ? Deux meurtres en moins de vingt-quatre heures ! Que va-t-on penser de nous en haut lieu, je vous le demande ?

— Je n'en sais rien, monsieur le commissaire.

— Ah ! Vraiment ? Eh bien ! Si vous ne le savez pas, je peux vous l'apprendre. On dira que la police est mal faite et que le commissaire Gehrard est bien mal inspiré d'accorder sa confiance à des inspecteurs englués dans de vieilles méthodes. Voilà ce qu'on dira, monsieur Schwenke !

— Si je comprends bien, monsieur le commissaire, vous voulez ma démission ?

— Vous partirez quand on jugera bon de vous demander de partir, pas avant ! Il faudrait tout de même prendre le sens de la discipline, inspecteur ! Vous et votre ami Hübner, vous vous conduisez un peu trop comme si vous étiez les maîtres ici ! J'exige des rapports ! J'entends savoir où vous traînez tous les deux !

— Puis-je vous rappeler, monsieur le commissaire, que vous m'aviez accordé huit jours de pleine liberté et la faculté de me faire assister par qui je jugerais bon ?

— Je ne me doutais pas qu'un nouveau crime suivrait le premier !

— Nous avons affaire à un tueur habile.

— Parce que c'est le même ?

— Le même, oui, monsieur le commissaire. En

tuant Gertrud, il a tué le seul témoin qui pouvait l'identifier.

— Le seul témoin ? Voyons, monsieur Schwenke, ne m'aviez-vous pas promis de votre côté de réussir en une semaine ? D'après ce que vous me racontez, il ne me semble pas que vous soyez bientôt en état de tenir vos engagements ?

— Je m'y emploie de mon mieux, monsieur le commissaire.

— Je veux le croire, mais à la cadence où l'on commence à tuer dans Saint-Pauli, je n'ai plus le droit de vous accorder huit jours. Disons que si dans quarante-huit heures vous n'avez pas abouti, je vous décharge de l'enquête.

— A vos ordres, monsieur le commissaire.

Helmut Schwenke n'était pas à prendre avec des pincettes quand il redescendit du bureau du commissaire et Otto, qui s'en rendit compte, ne jugea pas bon de le questionner sur son entrevue. Il attendit patiemment que son ami sentît la nécessité de s'expliquer. Cela ne tarda pas.

— Ils sont tous les mêmes, ces jeunes arrivistes ! Le travail, les difficultés, ils s'en fichent ! Ce qu'il leur faut, ce sont des résultats pour qu'ils puissent s'en prévaloir auprès de ceux qui manipulent les listes d'avancement ! Mais, nom d'un chien, qu'est-ce qu'ils se figurent donc que c'est notre métier ? Pour plaire à M. le commissaire, non seulement j'aurais dû empêcher Gertrud de se faire tuer, mais encore je devrais lui avoir déjà livré l'assassin pieds et poings liés ! Je ne suis quand même pas sorcier !

— Assurément pas !

— Qu'est-ce que tu dis ?

— Je dis que tu n'es pas sorcier.

— Alors, toi aussi, tu te moques de moi ?

— Helmut, tu me fais de la peine. Tu réagis comme un débutant. On croirait, ma parole, que c'est la première fois que tu reçois un savon. Je pensais qu'au cours de ta carrière, à défaut de rentes, tu avais au moins acquis une certaine philosophie.

— Je n'accepte pas qu'on me prenne pour un bon à rien !

— Alors, toi aussi, tu te moques de moi ?

— Quelle importance ! Tu cherches l'assassin d'Annelore et de Gertrud pour venger ces deux pauvres filles ou pour te faire bien voir de M. Rolf Gehrard ?

— Tu le sais bien... Je veux les venger.

— Alors, qu'est-ce que tu viens m'embêter avec tes blessures d'amour-propre ?

— D'accord, Otto, tu as raison...

— Et puis, il y a quelque chose qui me chiffonne...

— Quoi donc ?

— Pendant que tu écoutais le commissaire, j'ai réfléchi à notre Joachim Rescher...

— Et alors ?

— Et alors, je me demande pourquoi il a tué ? Stupéfait, Schwenke fixa son ami :

— Qu'est-ce qui te prend, Otto ? Annelore est morte parce qu'elle menaçait Rescher d'un scandale...

— ... Seulement Rescher n'existe pas...

— Je ne saisis pas...

— Réfléchis, Helmut... Comment Annelore aurait-elle pu mettre sa menace à exécution puisque Rescher est un fantôme et qu'il ne travaille pas chez Unilever ? Où serait-elle allée le chercher ? Il n'avait qu'à ne pas venir à son rendez-vous et c'était fini... Il aurait fallu qu'Annelore comptât sur une rencontre fortuite, mais Hambourg est grand... Il y a bien des chances qu'elle se fût lassée avant de le découvrir...

— C'est vrai, au fond...

— Et, pourtant, Rescher a tué... et je pense qu'il a tué parce qu'il était dans l'obligation de tuer !

— Tu devines un motif ?

— Je n'en vois qu'un.

— Et c'est ?

— Qu'Annelore avait appris son véritable nom !

— Ce serait donc quelqu'un de connu ?

— Probable. Ou portant un nom connu...

— Mais que vient faire la mort de Gertrud là-dedans ?

— L'assassin a pu croire que Gertrud avait été mise au courant par Annelore... Peut-être cette dernière s'en est-elle vantée pour l'effrayer... et le contraindre au mariage ! N'oublie pas que Gertrud les avait vus au *Zillertal*... Sur ce, je te laisse. Je vais me promener sur la Reeperbahn, histoire d'essayer d'attraper un tuyau sur ce Joachim Rescher, que nous sommes bien forcés d'appeler ainsi tant que nous ne sommes pas capables de lui donner son vrai nom... Après, j'irai me coucher. J'ai eu suffisamment d'émotions comme ça pour aujourd'hui !

Helmut eut l'impression que la voix de son ami sonnait faux. Qu'est-ce donc qu'Hübner lui cachait ?

— Allez, à demain, vieux frère, et si tu veux m'écouter, tu iras dormir douze heures d'affilée pour être en forme demain matin. A propos, pendant que tu étais à la recherche de ton assassin-fantôme, j'ai tout arrangé pour Annelore. On l'enterre demain à quinze heures. Je veux croire qu'elle était protestante car j'ai demandé au pasteur de venir. On versera les quatre cents marks sur place. Voilà les deux cents marks qui te manquaient.

Ebahi, Schwenke regarda l'argent qu'Hübner jetait devant lui sur la table.

— Mais comment as-tu pu... ?

— Je les ai trouvés dans le sac de Gertrud... Je suis sûr qu'elle nous les aurait donnés pour Annelore.

## CHAPITRE VI

Le chagrin de la mort injuste d'Annelore et de Gertrud le cédait dans l'esprit d'Helmut à la colère qu'il ressentait envers le meurtrier. Entre ce dernier et lui, c'était un compte personnel qu'il fallait régler. Sans trop prendre conscience du cheminement de sa pensée, Schwenke confondait le tueur inconnu avec tous ceux qui, au long de son existence, l'avaient brimé : les maîtres d'école, les sous-officiers de la caserne, les supérieurs de la police auxquels il avait eu affaire au cours de sa carrière, les officiers pendant la guerre, les ennemis combattus les armes à la main. Et si Adda ne ressemblait plus à ce qu'elle était autrefois, l'inspecteur en attribuait la vague responsabilité à l'assassin qu'il cherchait et qui symbolisait tous les hommes l'ayant empêché d'être heureux. Mettre la main sur le coupable devenait pour lui la promesse d'une sorte de revanche sur le sort et peut-être une preuve que tout n'était pas fini pour lui. En même temps, ce serait une bonne leçon pour Rolf Gehrard obligé alors de convenir que les anciens — s'ils menaient moins de tapage que les jeunes — s'avéraient encore capables de réussites. Mais il ne se dissimulait pas les difficultés de la tâche quasi impossible qui lui incombait. Pas une piste, pas un indice maintenant que Gertrud n'était plus là pour identifier le misérable. Et sur qui s'appuyer ? A qui demander conseil ? Otto ne paraissait pas tellement jouer franc jeu. Se désintéressait-il de l'histoire parce que perdu dans son égoïsme et son amertume ? Ou bien voulait-il faire cavalier seul et tenter de parvenir au but avant son camarade en vue d'affirmer une dernière fois sa supériorité ? Une pareille manœuvre, une telle déloyauté ne cadraient pas avec le caractère d'Hübner, mais Helmut avait été déçu de si cruelle manière par les uns et les autres, qu'il s'attendait désormais à toutes les trahisons. D'Otto, il passa à Adda et il la revit telle qu'elle s'était montrée le matin, parlant avec haine et mépris d'Annelore qu'elle ne connaissait pas. Il ne subsistait plus rien en elle de la jeune femme qu'il avait aimée et dont la douceur tranquille l'émerveillait. Elle était devenue dure et sans pitié. Heureusement que Rudolf se révélait d'esprit assez solide pour ne pas se laisser influencer par sa mère. Le geste qu'il avait eu à l'égard d'Annelore réchauffait le cœur d'Helmut. Si Adda l'abandonnait, peut-être pourrait-il trouver refuge auprès de son garçon ? Mais, pour lui aussi, il se devait de triompher dans la terrible partie entamée contre le meurtrier afin que Rudolf soit fier de son père et qu'il le dise, un jour, en présence de sa mère.

La sonnerie du téléphone tira l'inspecteur de sa rêverie. Le spécialiste des empreintes l'appelait pour lui annoncer qu'aucune empreinte fraîche n'avait été relevée dans la chambre de Gertrud, morte de la même façon qu'Annelore et vraisemblablement de la même main. Il raccrocha avec un soupir. Il ne voyait pas par quel bout commencer, sur quel chemin se lancer. Il ricana en songeant à ces détectives aux intuitions géniales dont les auteurs de romans font des héros ignorant la défaite, des héros dans le genre de ceux que prisait sans doute le commissaire. Dénicher dans une ville d'un million six cent cinquante mille habitants un Joachim Rescher qui ne s'appelait pas Joachim Rescher, un ingénieur qui n'était pas ingénieur et dont nul ne connaissait le visage, c'était vouloir résoudre la quadrature du cercle. Et dire que tout cela ne serait pas arrivé si, parmi les hommes en qui elle avait cru, un seul eût tendu la main à Annelore pour qu'elle s'y puisse accrocher solidement. Et si Gertrud disparaissait au moment où elle allait jouir paisiblement de la vie, si Helmut se trouvait placé face à un problème insoluble, c'était parce qu'un fiancé sans courage n'avait pas tenu parole, parce qu'un amant sans tendresse ne s'était pas inquiété du sort de celle qu'il prétendait aimer. Et tandis que l'inspecteur se morfondait dans son bureau, ne sachant plus à quel saint se vouer, ces deux-là continuaient paisiblement à prendre le temps comme il venait. Eh bien ! il ne serait pas dit qu'ils n'auraient pas leur part d'embêtements, eux aussi !

Mathias Fischer — fils de Georg Fischer, une des plus solides entreprises d'export-import de Hambourg — habitait un appartement de la Schmilinskystrasse dans une maison dont les fenêtres fleuries donnaient sur l'Aussenalster, ce beau lac sur les rives duquel s'élevaient les quartiers résidentiels de la grande cité. Une vieille femme de charge vint répondre au coup de sonnette de Schwenke.

— Vous désirez ?

— Je souhaiterais parler à M. Mathias Fischer.

— Il n'est pas là. Il n'est jamais là à cette heure.

— Savez-vous où je pourrais le trouver ?

— C'est qu'il n'aime pas qu'on le dérange...

— Vraiment ?

La voix du policier devint plus sèche :

— Il aurait pourtant tout intérêt à me rencontrer le plus tôt possible, je vous assure, pour lui éviter de très gros ennuis.

— Vous ne pourriez pas me dire... ?

— Non.

Et, d'un air détaché, Helmut ajouta :

— Je suis inspecteur de police.

Comme toujours, le mot produisit son effet. La femme rougit, se troubla :

— Dans ce cas, bien sûr, c'est différent... Il est à son club dans la Colonnaden, au 123... *Le Vieux Pays*... c'est le nom du club.

— Merci.

Il allait se retirer lorsqu'elle le retint par le bras :

— Dites... Il n'a rien fait de mal, notre Mathias, au moins ?

— Rien que la loi puisse punir.

— Merci, Seigneur mon Dieu !

— Et ne lui téléphonez pas pour annoncer ma visite, cela compliquerait inutilement les choses.

Lorsque Schwenke se présenta dans l'antichambre du club *Le Vieux Pays*, il fut reçu par un maître d'hôtel dont la tenue sévère et la gravité rappelaient un notaire de province dans une petite ville bourgeoise. Il toisa le policier avec une certaine hauteur et d'un ton feutré remarqua :

— Je pense que Monsieur commet une erreur. Ici, c'est un endroit privé.

La solennité du bonhomme amusa l'inspecteur :

— Rassurez-vous, mon ami, je ne me trompe pas.

Habitué à être appelé par son prénom depuis plus de trente ans, le maître d'hôtel eut un haut-le-corps devant ce familier « mon ami » dont il estimait sentir la vulgarité d'une lieue. Aussi, tout en observant la déférence de ton à laquelle son emploi l'obligeait, il mit tout le mépris dont il était capable dans sa réplique :

— Il m'étonnerait que Monsieur fisse partie du club.

Du coup Helmut se fâcha :

— Et pourquoi donc, mon ami ?

Heureux de son succès, l'autre se déroba dans une retraite prudente :

— Parce que j'en eusse été averti, Monsieur.

Désarmé en face de cette habileté, Schwenke prit le parti de rire.

— Pour ne rien vous cacher, cela m'étonnerait, moi aussi. Non, je ne suis pas un nouveau du *Vieux Pays*, simplement un visiteur qui doit rencontrer immédiatement M. Mathias Fischer.

— Ces messieurs n'aiment guère recevoir des visites au club à moins qu'ils n'y aient convié... ?

— M. Fischer ne m'attend pas. Il ignore même mon existence, mais je ne pense pas qu'il vous tienne rigueur de l'avoir dérangé quand je lui aurai parlé.

— Dans ce cas, si Monsieur veut bien me suivre, je vais voir si M. Mathias Fischer est arrivé.

Derrière le maître d'hôtel, Helmut longeait un couloir recouvert d'un tapis épais qui étouffait le bruit de leurs pas. Son guide ouvrit une porte et s'inclina légèrement au moment où le policier, franchissant le seuil, passait devant lui. L'inspecteur se retrouva seul dans une sorte de salon aux meubles cossus avec des fauteuils profonds. Sur une commode ventrue, une pendule dorée reposait sur un marbre rose. Aux murs étaient accrochés des tableaux de marine. Du plafond pendait un lustre à girandoles. Schwenke se laissa aller dans un des fauteuils et tout de suite s'y sentit gagné par une douce somnolence. En s'ouvrant, la porte le fit sursauter. Un jeune homme fort élégant entra. D'une taille moyenne, le cheveu châtain, il respirait la distinction par tous les pores. Il considérait le policier avec incompréhension. Helmut dut s'imposer un effort pour se relever. Le nouveau venu s'avança :

— C'est vous, monsieur, qui avez demandé à me parler ?

— Vous êtes monsieur Mathias Fischer, je suppose ?

— Oui, mais je ne crois pas avoir l'honneur de vous connaître ?

— Moi, si...

— Vous m'excuserez mais... Aurions-nous des amis communs ?

— Nous avons au moins une amie commune.

— Vraiment ?

— Annelore Erben.

Littéralement, le visage de Mathias Fischer se décomposa. Il tenta de se reprendre mais n'y parvint pas tout à fait tandis qu'il s'enquérait :

— Vous êtes... ?

— Inspecteur Schwenke.

— Ah !...

Ce « ah ! » ressemblait davantage à un gémissement qu'à toute autre chose. Helmut était heureux. Annelore commençait à prendre sa revanche. La sueur aux tempes, les mains tremblantes, Fischer balbutia :

— Asseyons-nous...

Ses jambes ne le portaient plus et il s'effondra dans un fauteuil plutôt qu'il n'y prit place. Lorsque l'inspecteur se fut installé en face de lui, Mathias demanda :

— Qu'est-ce que vous me voulez ?

Avant de répondre, Schwenke attendit quelques secondes, jouissant du désarroi de son vis-à-vis :

— Votre attitude, monsieur, me donne à penser que vous êtes au courant de ce qui est arrivé à Annelore ?

— Je l'ai appris par les journaux.

— Elle vous aimait beaucoup...

— Peut-être...

— Pas peut-être, sûrement !

— Pourquoi me racontez-vous cela ?

— Pour vous faire comprendre qu'elle comptait sur vous pour mener une existence normale de femme, d'épouse, de mère...

— Annelore n'était pas de celles qu'un homme comme moi peut épouser.

— Mais elle était de celles dont un homme comme vous peut s'amuser, n'est-ce pas ?

Fischer eut un vilain ricanement :

— Je n'étais pas le premier si j'en crois ses confidences.

— Elle a eu le tort de se montrer trop franche et, surtout, de vous croire capable de la comprendre.

Mathias reprenait du poil de la bête.

— Je vous serais obligé de prendre un autre ton, inspecteur !

— J'ai l'habitude de prendre le ton qu'il me plaît, monsieur !

— Peut-être quand vous vous adressez aux gens de Saint-Pauli, pas lorsque vous parlez à Mathias Fischer, fils de Georg Fischer ! On dirait, en vérité, que vous ignorez à qui vous avez affaire ?

— Oh ! que non.

— Tout de même !

— J'ai affaire à un lâche, monsieur !

Le jeune homme se dressa d'un jet :

— Sortez, monsieur ! Vos chefs seront avertis de la manière dont vous vous conduisez dans une maison où vous vous êtes introduit en fraude.

Schwenke ne bougea pas. Froidement, il s'enquit :

— Vous avez terminé votre numéro, oui ?

Démonté, Mathias flotta, incapable de décider l'attitude qu'il convenait de prendre. Le policier en profita pour accentuer son avantage :

— Remettez-vous dans votre fauteuil et restez tranquille.

Dompté, Fischer obéit.

— Si je suis ici, ce n'est pas seulement pour le plaisir de vous confier ce que je pense de vous, mais parce que Annelore a été assassinée et que je suis chargé de trouver son meurtrier.

L'héritier des Fischer sursauta :

— Insinuez-vous qu'il puisse s'agir de moi ?

— Pourquoi pas ?

— Vous êtes fou ?

— Je n'en ai pas l'impression.

— Mais, voyons, puisque vous connaissiez Annelore, enfin, je veux dire Mlle Erben, vous deviez savoir que nous avions rompu depuis longtemps !

— Vous ne l'avez plus revue depuis votre rupture ?

— Jamais... Cela valait mieux pour tout le monde.

— Cela aurait surtout mieux valu pour vous, monsieur Fischer.

— Je ne saisis pas.

Schwenke se mit à rire.

— Qu'y a-t-il de risible dans toute cette histoire, inspecteur ?

— Je pense à la tête que va faire votre solennel maître d'hôtel quand il va me voir vous emmener...

— M'emmener ? Et où voulez-vous m'emmener ?

— Au commissariat de police de la David Strasse.

— Vous... Vous oseriez ?

— Et comment !

— Pensez au scandale que cela déclencherait !

— En ce qui me concerne, aucune importance !

— Mais enfin, il vous faut un mandat d'arrêt ?

— Disons, alors, que vous me suivrez de votre plein gré.

— Et si je refuse ?

— Je reviendrai dans un instant avec un mandat dont les journalistes auront connaissance.

— En admettant qu'on vous le délivre !

— On les délivre toujours quand il s'agit d'empoigner quelqu'un soupçonné de meurtre !

— Encore ! Combien de fois faudra-t-il vous répéter que je ne suis pour rien dans la disparition de cette malheureuse ? Vous n'allez tout de même pas arrêter tous ceux qui ont eu l'occasion de la connaître ?

— Non, seulement ceux qui l'ont rencontrée dans les quelques minutes qui ont précédé sa mort.

— Mais, je vous ai dit...

— Ce que vous m'avez dit, monsieur Fischer, n'a

aucune importance car si vous êtes un lâche, vous êtes aussi un menteur !

Il semblait au policier que le fantôme léger d'Annelore se tenait derrière le fauteuil de Mathias et qu'elle lui clignait de l'œil pour l'encourager. La morte et le vivant étaient alliés dans un même combat. Fischer ressemblait à une loque. Son élégance disparue, tassé sur son siège, il ne rappelait en rien le brillant jeune homme à la mine altière entré dans le salon quelques instants plus tôt.

— Vous... vous acharnez contre moi sans... sans que j'en devine les raisons...

— Elles sont simples pourtant.. C'est à cause de vous qu'Annelore a été tuée... Si vous ne l'aviez pas abandonnée, elle n'aurait pas pris le chemin que votre désertion l'obligeait à prendre... Vous êtes un criminel, monsieur Fischer... Qu'êtes-vous allé faire dans la chambre d'Annelore hier soir ?

Mathias faillit s'évanouir. Sans conviction, il tenta encore de nier :

— Je... je n'y suis pas... pas allé.

— Alors, nous demanderons à l'hôtelier s'il vous reconnaît pour le monsieur qui a attendu Mlle Erben à la réception.

Helmut se leva :

— Veuillez me suivre, s'il vous plaît ?

Fischer ne bougea pas.

— Vous m'entendez ?

— Ecoutez, inspecteur... Je vous jure que je suis innocent.

— Ce sera à vous de le prouver.

— Je vous supplie de me croire !

— Annelore aussi vous a supplié !

— Si vous m'arrêtez, je me fais sauter la cervelle !

— Et puis après ?

Mathias regarda l'inspecteur avec des yeux épouvantés :

— Vous me haïssez, n'est-ce pas ?

S'appuyant aux deux bras du fauteuil, Schwenke se pencha vers le jeune homme :

— Oui, je vous hais, vous et tous ceux qui vous ressemblent et je vais vous démolir, monsieur Fischer, pour donner une leçon aux gens de votre race qui, parce qu'ils ont de l'argent, ne se soucient pas d'avoir du cœur ! Dans cette ville, nombreuses sont les Annelore dont vous vous amusez parce qu'elles ont confiance en vous, parce que vous avez l'ignominie de leur faire entrevoir un avenir doré qui les sortirait de leur misère et quand vous avez obtenu ce que vous désirez, adieu, petites ! Vous n'êtes pas de celles qu'un Mathias Fischer épouse ! On rigole à Saint-Pauli, mais on ne s'y marie pas, hein ? Vous êtes-vous rendu à l'hôtel de Mlle Erben, hier soir, oui ou non ?

— Oui.

— L'avez-vous vue ?

— Oui.

— Vivante ou morte ?

— Vivante ! Je vous donne ma parole qu'elle...

— Votre parole ne vaut rien pour moi !

— Elle était vivante, inspecteur, vivante ! Nous

nous sommes disputés et, comme elle voulait me gifler, j'ai dû la maintenir par les poignets...

— De ses bras, vos mains n'auraient pas remonté jusqu'à son cou, par hasard ?

— Jusqu'à son cou ?

— Pour la faire taire ? On serre un peu pour l'empêcher de crier... on serre un peu plus... un peu plus encore et quand on s'aperçoit de ce qu'on a fait, on est devenu un assassin, monsieur Mathias Fischer !

Affolé, le jeune homme se mit à hurler :

— Non ! non ! non !

Schwenke se redressa et contempla avec mépris cette loque qui criait et sanglotait. « Ça va, Annelore, ça va, mon petit... Celui-là n'est pas près de t'oublier. » On entendit des pas précipités derrière la porte et, après un léger heurt, le maître d'hôtel entra :

— J'avais cru entendre... Monsieur Fischer n'a besoin de rien ?

Rogue, Helmut jeta :

— Vous, le larbin, fichez-nous la paix ! Vous viendrez quand on vous sonnera !

C'était sans doute la première fois qu'on s'adressait de cette manière à M. Wolfgang, dont la présence en ces lieux datait depuis la fondation du club. La bouche ouverte, la mâchoire pendante, l'air complètement idiot, il fixait l'inspecteur comme il aurait contemplé un animal préhistorique devant lequel il se serait trouvé à l'improviste.

— Vous avez entendu, oui ?

Le maître d'hôtel parut s'éveiller d'un songe :

— Oui, monsieur... bien sûr, monsieur.

Et il sortit sur la pointe des pieds, en prenant soin de refermer la porte derrière lui avec toute la délicatesse dont il était capable.

— Et, maintenant, Fischer, à nous deux ! Vous reconnaissez avoir rendu visite à Annelore Erben hier soir ?

— Oui.

— Elle était là quand vous vous êtes présenté ?

— Non, je l'ai attendue.

— Pourquoi désiriez-vous la voir ?

— Je ne sais plus...

— Tiens, tiens !

— Elle m'avait téléphoné en fin d'après-midi pour m'annoncer son futur mariage et se moquer de moi... Alors, j'ai eu envie de la revoir... Je ne peux pas vous expliquer, mais, bien que je n'y pensasse plus, l'idée qu'elle allait disparaître complètement de ma vie, m'a été insupportable...

— Oui, vous souhaitiez l'avoir sous la main en cas de nécessité... une soirée à perdre. C'est bien dans vos manières, à vous autres ! Racontez-moi ce qui s'est passé ?

— Quand elle m'a aperçu, elle s'est montrée surprise. Elle m'a demandé ce que je lui voulais. Je lui ai répondu que j'avais à lui parler. Ça ne lui disait rien de me recevoir dans sa chambre, son fiancé pouvant arriver — paraît-il — d'un moment à l'autre. Mais enfin, nous sommes montés car le patron de l'hôtel nous espionnait. Lorsque nous fûmes chez elle, je lui ai conseillé de refuser de se marier, je lui ai avoué que je l'aimais toujours, que je pourrais lui faire une vie en marge sans doute, mais confortable, alors...

— Alors ?

— ... Alors elle s'est jetée sur moi, les ongles en avant, pour me griffer le visage, en me traitant de tous les noms. Je lui ai attrapé les poignets au vol et j'ai dû la maintenir de toutes mes forces pendant qu'elle se calmait. Je lui ai présenté mes excuses et j'ai filé... En vérité, inspecteur, je ne sais pas ce qui m'a pris de tenter cette démarche idiote... Une jalousie rétrospective... Un regret... un remords...

— Non, le remords, c'est à partir de maintenant... du moins, je l'espère...

Schwenke se coiffa de son chapeau.

— Vous avez bien de la chance, monsieur Fischer que votre déposition coïncide exactement avec celle de Schlüter, le patron de l'hôtel, et avec les remarques de celui qui a recueilli les empreintes. Ce n'est pas vous qui avez étranglé Annelore. Dans un sens je le regrette. J'aurais été heureux de vous passer les menottes. Mais, naturellement, interdiction de quitter la ville avant que je vous le permette.

L'inspecteur n'attendit pas que Mathias fût en état de le reconduire pour s'en aller.

Helmut Schwenke traversa la chaussée de la Jungfernstieg et s'appuya au mur dominant le Binnenalster. La facile victoire qu'il venait de remporter sur Mathias Fischer le laissait insatisfait. Il s'en voulait presque d'avoir montré tant de hargne. A quoi bon ces colères, ces injures ? Rien ne pouvait faire revenir Annelore ; pas plus les agissements de Fischer que les siens ne devaient plus la préoccuper beaucoup maintenant. Entraîné sur cette pente, le policier en arrivait à se demander si la recherche d'un assassin méritait de se donner tant de mal quand sa victime ne laissait personne derrière elle ? Le soir était lumineux, ainsi qu'il arrive assez souvent dans ces régions de l'Allemagne du Nord, et la clarté tendre du ciel se reflétait dans le miroir tranquille du lac. Helmut rêva d'une barque sur l'eau moirée où il serait si bon de goûter la transparente fluidité de l'heure.

Tout dans le paysage qui s'offrait à lui parlait de douceur et de paix. Mais l'âge lui avait enseigné que ce tableau idyllique n'était que l'apparence et que, dessous, la vérité grouillait, une vérité abominable faite d'ordures, de haines et de sang : une vérité où les Mathias Fischer se promenaient entourés de la considération de chacun et de l'estime de tous ; une vérité où les Annelore mouraient étranglées sans que nul ne s'en souciât autrement que d'un point de vue professionnel ; une vérité où les Gertrud n'avaient pas le droit d'échapper à leur triste métier ; une vérité où les Otto Hübner achevaient leur existence dans le désespoir parce que jamais personne ne s'était intéressé à eux ; une vérité où les Adda pouvaient trahir leurs vieilles promesses sans qu'on y trouvât à redire ; une vérité, enfin, où des policiers usés par leur métier et par la guerre terminaient leur carrière dans l'hostilité générale parce qu'ils prenaient le parti d'une petite morte injustement assassinée. Tout cela valait-il la peine de se crever encore à la tâche, de se passer de manger, de se priver de dormir ? Quoi qu'on fasse, ce seraient toujours les Mathias Fischer qui auraient raison. Le lac virait au gris et cette couleur s'harmonisait trop bien avec les pensées de Schwenke pour qu'il ne s'en sentît pas touché. Soudain, un globe électrique s'alluma, puis un autre et un autre encore. La foule se fit plus dense par suite de la fermeture des magasins. La lumière artificielle imposa à Helmut l'image de la Reeperbahn. Le vent du crépuscule se leva, poussant des vaguelettes sur le Binnenalster dans un doux chuintement que brisait par moments le clapotis de l'eau agitée. Il parut à Helmut qu'il réentendait la voix d'Annelore : « Il me semble que j'aurais été heureuse d'être votre fille, parce qu'on doit se trouver bien près de vous... » Le chagrin figea Schwenke. Pourquoi les laisserait-il tranquilles, les autres, puisque lui, on ne le laissait pas tranquille ? Plus grand-chose ne le rattachait à la vie, si ce n'est ce métier dont Hübner riait mais auquel il tenait par toutes les fibres de son être et grâce auquel il allait pouvoir secouer Fritz Rohr comme il avait secoué Mathias Fischer.

Au grand magasin où Fritz Rohr travaillait, Helmut eut la chance, malgré l'heure tardive, de trouver un chef de rayon résigné à rester plus longtemps sur place pour vérifier un nouvel étalage et y apporter les dernières touches. Il donna au policier l'adresse de Rohr avec qui il s'affirma particulièrement lié.

Fritz Rohr résidait dans le faubourg de Rahlstedt.

Remontant la Monckebergstrasse, Schwenke gagna la station de Saint-Georg où il prit le chemin de fer de banlieue à destination de Rahlstedt. Quand il y arriva, la nuit était complètement venue et l'inspecteur dut interroger plusieurs personnes avant de dénicher l'Ebersmoorweg, où se dressait l'affreux petit pavillon qu'habitait Fritz Rohr. Une lampe électrique éclairait chichement la façade. Le policier décida que le propriétaire de cette bâtisse devait lui ressembler et sa médiocrité naturelle s'harmoniser parfaitement avec la triste architecture qu'il avait sous les yeux. Un toit à deux pentes surmontait un cube de briques crépies que précédait un jardinet maigrichon où un chat de faïence blanche témoignait assez du goût artistique de celui qui avait eu Annelore pour maîtresse. Schwenke s'avoua pour la millième fois, que la mentalité des femmes lui serait à jamais étrangère mais, qu'à moins de renier Annelore, il devait comprendre que la petite se trouvait perdue pour avoir accepté la tendresse d'un monsieur tolérant de vivre en un pareil endroit. Son ressentiment n'en fut que plus vif à l'égard de Mathias Fischer, dont la dérobade avait permis à Fritz Rohr de la remplacer et à ce dernier qui avait abusé de la situation, il lui tardait de pouvoir dire ce qu'il pensait de lui.

A l'arceau de fer surmontant le portillon fermé du jardin pendait une clochette que le policier agita avec vigueur. Presque aussitôt, une lampe s'alluma sous le porche miniature protégeant la porte d'entrée de la maison, surélevée de quelques marches. Une femme se montra, dont le visiteur ne distingua pas les traits mais dont il nota la lourde silhouette. On demanda :

— Qu'est-ce que c'est ?

— M. Fritz Rohr, s'il vous plaît ?

— C'est pour quoi ?

— Je viens de la part de son directeur.

— Mon mari n'est pas encore de retour... Il ne devrait pas tarder maintenant.

— Eh bien ! Je vais l'attendre.

La femme descendit jusqu'au portillon, qu'elle ouvrit.

— Si vous voulez bien...

Elle précéda Schwenke jusqu'à la maison où elle pénétra la première. Lorsque le policier l'eût rejointe, elle l'introduisit dans une pièce de quelques mètres carrés où un sofa, visiblement acheté chez un brocanteur, occupait un panneau. Deux chaises, une assez grande table en bois blanc verni, une armoire de pitchpin, sans doute de même origine que le sofa, complétait l'ameublement. Du plafond pendait un lustre de bois qui trahissait peut-être une vague nostalgie campagnarde. Sur la table, un nécessaire de fumeur offert en prime faisait pendant à un vase de verre jaune où achevaient de mourir quelques fleurs.

— Ce n'est pas une mauvaise nouvelle que vous nous apportez, au moins ? Parce que, ces temps-ci, Fritz n'est pas bien.

— Rassurez-vous, madame, il ne s'agit que d'une enquête menée sur certaines employées que M. Rohr a sous ses ordres.

Soulagée, Mme Rohr s'exclama :

— Tant mieux ! Est-ce que je peux vous offrir un peu de bière, pour patienter ?

— Non, je vous remercie.

On entendit un enfant qui pleurait et la maîtresse de maison poussant un soupir résigné, déclara :

— Vous m'excuserez, mais il faut que j'aille rejoindre les gosses ; dès qu'on les laisse seuls, ils font des bêtises et nous ne sommes pas très au large ici...

— Je vous en prie.

Elle s'éclipsa et, presque tout de suite, Helmut perçut les éclats de sa colère. Depuis qu'il avait vu Mme Rohr, la haine de Schwenke contre l'amant d'Annelore s'était atténuée. Il devinait que cet homme cherchait à échapper au monde quotidien où il vivait dans la laideur et la vulgarité. Annelore représentait sans doute pour lui tout ce qu'il aurait pu connaître, aimer. La morte avait matérialisé à ses yeux la belle aventure dont les époux malheureux, les ratés gardent en leur cœur l'incurable nostalgie. Se sentant glisser vers une faiblesse complice, Helmut se secoua. Ce n'était pas parce que ce nonsieur se révélait un pauvre type qu'il devait lui pardonner son attitude à l'égard d'Annelore. Il n'avait qu'à ne pas épouser cette maritorne négligée qui reniflait entre deux phrases. On a toujours la femme qu'on mérite ! La femme qu'on mérite ? Etait-ce bien sûr ? Schwenke méritait-il cette Adda froide, indifférente sinon hostile qui glissait silencieusement dans la maison ? Il eut un moment de découragement. Dans ce monde dont la guerre avait bouleversé toutes les lois, changé tous les idéaux, on ne savait plus sur quel chemin s'avancer pour sentir un sol ferme sous ses pas, un sol sur lequel on pourrait bâtir selon les données anciennes. Fritz Rohr avait dû s'embourber quelque part et, sans énergie, il s'était enlisé sur place. La sonnette du jardin interrompit sa méditation. Il prêta l'oreille. On marchait sur le gravier, on montait les quelques marches, on introduisait une clé dans la serrure, on ouvrait la porte, on disait d'une voix faussement aimable :

— C'est moi !... Bonsoir, Kate !

Et, du fond du couloir, on répondait :

— Il y a quelqu'un qui t'attend dans le bureau.

Puis un chuchotement. Sans doute Rohr se renseignait-il et les indications fournies par son épouse devaient-elles lui paraître si insolites que peut-être, déjà il tremblait ? Schwenke se carra plus solidement encore sur son siège. Regarde bien, Annelore, je vais le secouer, celui-là aussi ! Il se souviendra de toi toute sa vie, je te le promets ! » Derrière la porte, on se racla la gorge et l'inspecteur sourit. M. Rohr rassemblait tout son courage pour entrer. Enfin, il se montra et, du premier coup d'œil, Helmut devina qu'il ne s'était pas trompé : un homme grand et mince, d'une quarantaine d'années, les tempes dégarnies, des lunettes sans monture, un visage respirant la veulerie, la résignation, la soumission perpétuelle. Oui, Fritz Rohr ressemblait bien à sa maison. Le policier ne se leva pas tandis que son hôte approchait :

— Ma femme m'a dit...

— Ce qu'elle vous a dit n'a aucune importance, monsieur, car je lui ai menti.

Le regard de Fritz vacilla.

— Ah !...

— Je ne lui ai pas confié mon identité pour ne pas l'affoler.

Sur le long cou maigre, la pomme d'Adam de Rohr s'agitait curieusement et Schwenke pensa à un dindon. Pitoyable !

— Je... je ne comprends pas ?

— Inspecteur de police Helmut Schwenke.

— Inspecteur de police ?

— Je pense que vous vous doutez des raisons de ma visite ?

— Non.

Le plus fort, c'est qu'il semblait sincère !

— Dans ce cas, monsieur, je vais éclairer votre lanterne. Je suis ici pour que nous parlions d'Annelore Erben.

Fritz se tassa sur lui-même et, avant de répondre, alla s'asseoir.

— Alors... vous êtes au courant ?

Ce fut au tour de Schwenke de flotter un peu. Le bonhomme se payait-il sa tête ? Rogue, il remarqua :

— Ça vous étonne ?

— Oui... Vous êtes un parent d'Annelore ?

Mais, enfin, que voulait dire cette attitude ? Helmut s'énervait.

— N'auriez-vous pas entendu lorsque je me suis présenté ?

— Si, si... vous faites partie de la police, n'est-ce pas ? Mais je ne vois pas le rapport avec Annelore ?

— Vous ne voyez pas ?

Ou il était plus bête que nature, ou — persuadé qu'on ne pouvait rien contre lui — il jouait les naïfs, ou... — et l'inspecteur eut l'impression de recevoir un choc — il ignorait la mort de sa maîtresse.

— Quand avez-vous rencontré Annelore pour la dernière fois ?

— Hier soir.

— Où ?

— A son hôtel.

— Depuis quand étiez-vous son amant ?

Rohr prit un air confus et Schwenke eut envie de le prendre aux épaules et de le secouer.

— Je ne voudrais pas nuire à sa réputation...

— A sa réputation ?

— Parce qu'elle doit se marier. Maintenant, puis-je vous demander à quel titre vous me posez ces questions ?

— Je vous l'ai déjà dit par deux fois, monsieur.

— D'accord, mais ma vie privée ne regarde en rien la police, pas plus que celle d'Annelore, il me semble ?

— Quand il ne s'y passe rien d'illégal.

Fritz ricana :

— Je n'ai jamais entendu raconter que, dans la ville libre d'Hambourg, l'adultère tombait sous le coup de la loi ?

— L'adultère, non, mais le crime.

— Le crime ?

— Annelore Erben a été assassinée hier soir.

D'abord, il ne crut pas ce qu'on lui annonçait puis, peu à peu, il se rendit compte que seule une histoire de ce genre expliquait la présence du policier. Il répéta :

— Vous... vous êtes sûr ?...

— Tout ce qu'il y a de plus certain. On l'a étranglée.

Fritz Rohr se mit à pleurer et devant cette douleur qui ne pouvait être feinte, Helmut sentit l'émotion le gagner. Il laissa son hôte tranquille un moment puis, doucement, il murmura :

— Vous l'aimiez ?

— Plus que tout au monde...

— Alors, ce dut être un coup terrible pour vous quand elle vous a téléphoné, hier, que tout était fini entre vous ?

Rohr ne songea pas à s'étonner de ce que son visiteur fût au courant.

— Terrible... Je revenais d'un voyage d'achats pour ma maison. La première fois qu'on me confiait une pareille mission. Cela prouvait que j'allais monter en grade, que ma situation s'améliorerait sous peu... Je lui rapportais une belle écharpe de soie... J'ai téléphoné à son hôtel pour lui annoncer mon retour... C'est alors qu'elle m'a appris son futur mariage...

— Et vous vous êtes quand même rendu auprès d'elle ?

— Je n'acceptais pas de la perdre. Annelore, pour moi, c'était l'espoir, vous comprenez, monsieur l'inspecteur ? Je suis un pauvre type, vous savez, je n'ai jamais eu de chance... vous avez vu ma femme... jusqu'au jour où Annelore est entrée dans ma vie... Je suis devenu un autre... J'ai travaillé pour être digne d'elle et cela commençait à porter ses fruits... Je lui aurais fait une existence agréable...

— Ce n'est pas ce qu'elle voulait.

— Bien sûr... mais que pouvais-je lui offrir d'autre ?

— Vous pouviez d'abord la laisser tranquille, ensuite penser à elle avant de penser à vous et, enfin, si vous étiez d'accord pour vivre ensemble, divorcer !

— J'ai trois enfants.

— Il fallait y songer avant ! Que s'est-il passé hier soir, dans la chambre d'Annelore ?

— Je lui ai demandé de renoncer à ses projets. Elle m'a ri au nez en me disant qu'elle ne m'avait jamais aimé... Alors, je me suis mis en colère... et je crois, oui, je crois que j'ai été sur le point de la frapper...

— Mais vous ne l'avez pas fait ?

— Non... Je me suis contenté de la prendre par les épaules et de l'obliger à me regarder dans les yeux tandis qu'elle répétait qu'elle ne m'aimait pas.

— Vous a-t-elle confié le nom de celui dont elle allait devenir la femme ?

— Non.

— Vous ne le lui avez pas demandé ?

— Ça ne m'intéressait pas.

— Ensuite ?

— Ensuite, je suis parti pour ne pas pleurer en sa présence. Monsieur l'inspecteur, vous connaissez celui qui... qui a commis ce...

— Pas encore.

— Mais vous l'aurez, n'est-ce pas ? Il faut que vous l'ayez !

— Je m'y emploie de mon mieux ! Mais je suis obligé de vous prier de ne pas vous éloigner d'Hambourg sans ma permission.

Un tumulte d'objets tombant par terre, des cris, des pleurs parvinrent jusqu'aux deux hommes. Fritz eut un pauvre sourire :

— Mon existence, monsieur l'inspecteur...

Schwenke prit congé. Il n'avait plus rien à faire. Fritz Rohr subissait déjà son châtiment.

A travers les rues banlieusardes qui le ramenaient vers la station de Rahstedt, Helmut pensait qu'il n'était peut-être pas, après tout, le plus malheureux des hommes.

## CHAPITRE VII

— Adda, tu seras gentille de sortir mon costume noir pour demain...

Les Schwenke étaient à table en compagnie d'Ilse, comme tous les soirs. Adda regarda son mari, qui ajouta :

— C'est demain qu'on enterre Annelore Erben...

— Toujours cette fille ? ricana Mme Schwenke. Et il te faut mettre ton meilleur costume ?

— Je ne tiens pas à ce que nos voisins me voient en négligé dans cette circonstance. Les morts ont droit au respect de tous.

— Pas lorsqu'ils ne se sont pas respectés eux-mêmes de leur vivant. Et puis, je ne vois pas de quelle façon les voisins seraient au courant de tes excentricités ?

— Parce qu'on enterre Annelore Erben à Dorfkrug.

Adda posa sa fourchette :

— C'est le bouquet ! D'ici qu'on croie que tu étais un de ses... amis, il n'y a pas loin !

— Mais j'étais un de ses amis, Adda ; son meilleur ami, je pense.

Ilse semblait ne rien comprendre à cette discussion et Mme Schwenke estima bon de la mettre au courant.

— Figurez-vous qu'une de ces filles de Saint-Pauli s'est fait assassiner et Helmut la pleure comme s'il avait été son père.

— Elle aurait pu être ma fille...

Ilse sursauta :

— Votre fille, père ? Mais... comment ?

Ce fut Adda qui répondit :

— Il veut dire sans doute que, vu son âge, elle aurait pu être sa fille.. Il y a des moments, Helmut, où je me demande si tu as toute ta tête ?

— Tu ne comprends plus rien à rien, ma pauvre Adda...

— Je comprends assez pour savoir que tu te conduis comme un imbécile !

Rudolf intervint :

— Allons... c'est stupide de vous quereller pour une morte que personne ne connaissait... à part toi, père...

Ilse renchérit :

— Surtout ce genre de filles ! On les prend et on les laisse aussi vite...

Helmut se mit à détester cette Ilse impassible, sûre d'elle et s'obstinant à voir la vie comme une ligne droite où l'on avançait au pas cadencé.

— Il arrive même qu'on les tue, Ilse...

— C'est triste, bien sûr, répondit-elle en haussant les épaules, mais, au fond, père, ça n'a pas grande importance...

— J'imagine que si Adda était asssasinée demain, il se trouverait toujours quelqu'un pour affirmer que ça n'a pas grande importance. Qui s'intéresse à la peine des autres ?

— Je te prie de me respecter et de ne pas me comparer à une fille de cette sorte !

— Annelore n'était pas une mauvaise petite. Son malheur est qu'elle n'avait pas de mari pour l'entretenir, elle !

— C'est pour moi que tu dis ça ?

— Je le dis pour toutes les femmes qui se permettent de juger de plus malheureuses qu'elles !

Le visage d'Adda s'empourpra :

— Je ne tiens pas à recevoir de leçon d'un bon à rien comme toi !

— Pas tellement bon à rien puisque, grâce à moi, tu peux manger à ta faim et avoir un toit pour t'abriter !

— Vous ne pensez pas que nous pourrions parler d'autre chose ? intervint Rudolf.

Mais Adda étendit le bras :

— Laisse, Rudolf. Cette ignoble discussion vous permet, à Ilse et à toi, de le voir sous son véritable jour. Il aime mieux s'intéresser aux filles qu'à sa propre famille !

— Peut-être parce que ma propre famille, comme tu dis, ne s'intéresse guère à moi !

Rudolf frappa la table d'un coup de poing. C'était si peu dans ses habitudes que tout le monde se tut.

— Cette discussion est ridicule autant que pénible. Maman, père agit comme il l'entend... tu ne peux pas lui reprocher son attitude... Il avait de la sympathie pour cette fille ; il me semble normal qu'il l'accompagne jusqu'au bout.

Helmut se sentit ragaillardi.

— Enfin un qui me comprend ! Je te remercie, Rudolf.

Raidie de colère, Adda se leva :

— Puisque mon propre fils prend parti contre moi, je préfère me retirer.

Après le départ de Mme Schwenke, ils se contentèrent de finir en silence ce qu'ils avaient dans leur assiette. Cependant, à cause d'Ilse, l'inspecteur crut devoir remarquer :

— Adda n'a pas toujours été comme cela... Je me rappelle qu'avant la guerre, n'importe qui pouvait venir frapper à notre porte pour demander un secours. Il était sûr d'être bien reçu. Il fallait même que je me fâche, elle aurait tout donné... Seulement, il y a eu la guerre...

Schwenke contempla ce garçon et cette fille qui allaient partir ensemble pour suivre le long chemin d'une existence commune. Il aurait voulu tout à la fois les encourager et les mettre en garde.

— J'espère que vous deux, vous ne connaîtrez pas nos misères et que vous aurez une vie agréable.

— Bien sûr que nous serons heureux, puisque nous nous aimons ! s'écria étourdiment Ilse.

— Ilse, quoi qu'il puisse vous en paraître aujourd'hui, Adda et moi nous nous sommes beaucoup aimés... et je l'aime toujours.

— Alors, pourquoi lui faites-vous de la peine ?

Rudolf se pencha sur sa fiancée et l'embrassa.

— Tu ne sais pas ce que tu racontes... Tais-toi donc !

Mais Ilse n'était pas de ces filles qui cèdent à la première injonction. Elle se dégagea brusquement des bras de Rudolf.

— Tu penses sans doute que c'est agréable pour une femme d'entendre son mari faire l'éloge d'une garce et déclarer qu'il l'aimait bien ?

— Ça suffit, Ilse !

A son tour, la fiancée se dressa, animée d'une colère froide.

— Toi aussi, tu prends la défense de cette fille ? Pourquoi ne l'as-tu pas épousée alors ?

Ahuri, Rudolf la regardait :

— L'épouser ?

— Ton père se serait sans doute fait un plaisir de te la présenter !

Une gifle assenée à toute volée, lui coupa la parole. La bouche grande ouverte, les yeux écarquillés, Ilse le fixait sans parvenir à réaliser qu'il venait de la frapper. Rudolf, les traits crispés, était en proie à une rage folle. Il parvint, cependant à se maîtriser et dit d'une voix sourde :

— Je te demande pardon, Ilse, de ce geste, mais il y a des choses que je ne peux pas, que je ne pourrai jamais supporter... Si, comme maman, tu ne comprends pas l'attitude de père, je le regrette, mais ce n'est pas une raison pour nous insulter...

Sans répliquer, Ilse jeta sa serviette sur la table et sortit. Ils l'entendirent monter l'escalier. Rudolf haussa les épaules :

— Elle va rejoindre maman et dire du mal de nous...

Helmut était navré de ce qui venait de se passer.

— Tout cela est de ma faute, Rudolf... mais j'étais loin, en dépit de mon âge et de mon expérience, de croire à une pareille sécheresse de cœur de la part de ta mère... Cette absence de pitié me déconcerte ; je ne sais plus que penser. J'ai l'impression de vivre dans un monde étranger...

— Ne t'en fais pas, père. Ilse se calmera et nous ferons la paix. Nous sommes fiancés depuis trop longtemps. Nous ne pouvons plus nous séparer quoi qu'il arrive... Quant à maman, elle ne s'est jamais guérie de ce qu'elle a enduré... Toi aussi, tu dois faire l'effort de comprendre... Elle s'est battue sans pitié pour survivre... Et moi-même, pour arriver à la situation où je suis, t'imagines-tu que je n'ai pas dû lutter sans pitié ? J'ai écarté de ma route tous ceux qui risquaient de me gêner et pour cela user de tous les coups, permis ou non. Si j'avais été accessible à la pitié, je croupirais encore dans un emploi subalterne et sans avenir.

Rudolf se leva et s'approcha de son père :

— A propos, voilà les cent marks que je t'avais promis...

— C'est gentil de ta part, petit, de te démunir ainsi... Hübner s'est débrouillé de son côté et nous avons pu réunir l'argent nécessaire pour donner une sépulture décente à Annelore Erben. On l'enterre demain à quinze heures et quoi qu'en puisse penser ta mère, je considère de mon devoir d'y être, même si j'y suis seul avec Otto.

— Ecoute, papa, cela te ferait-il plaisir que je t'accompagne pour marquer le coup vis-à-vis des gens de Dorfkrug ?

— Mais, ton bureau ?

— Je demanderai mon après-midi pour enterrer une parente ; on ne me le refusera pas.

Quand il monta se coucher, après que Rudolf fut parti reconduire chez elle une Ilse boudeuse, Helmut avait rajeuni de vingt ans.

Hübner était venu chercher Schwenke chez lui, mais Adda avait refusé de le voir. Tout en se dirigeant vers le cimetière, Helmut racontait à son ami la dispute de la veille au soir. Otto n'approuvait pas son camarade.

— Tu marches en aveugle, mon vieux. Je t'ai dit et répété que nous n'avons plus rien de commun avec ceux qui vivent auprès de nous. C'est là-bas à Voronej que nous nous sommes séparés d'eux définitivement. Nous ne parlons plus la même langue...

— Tu oublies que Rudolf m'a donné raison et qu'il sera là pour se tenir à mes côtés afin de bien montrer, contrairement à ce que tu racontes, que nous sommes du même clan.

— Oui, je sais... Je trouve ça extravagant, d'ailleurs...

— Moi, je trouve ça bien réconfortant.

— Toi, tu ne changeras jamais, Helmut !

— Ce qui veut dire ?

— Que tu prendras toujours tes désirs pour des réalités !

Rudolf les rejoignit au moment où ils franchissaient la grille du cimetière. Il serra la main d'Otto et donna une bourrade affectueuse à Helmut.

— Si maman se doutait ! Tâche de tenir ta langue, hein, père ?

Heureux, Schwenke se tourna vers Hübner.

— Tu entends ? Ce sont les gamins qui donnent des leçons aux vieux, maintenant !

Les fossoyeurs, ayant creusé le trou destiné à recevoir le cercueil, attendaient de chaque côté de la fosse, appuyés sur leur bêche. Otto chuchota :

— Tu viens à Lünebourg demain ?

— A Lünebourg ?

— Gertrud...

— Ah ! C'est demain ?

— En fin de matinée.

— On ne peut pas la laisser partir seule... Ce serait moche, surtout que c'est à cause de nous... D'accord, on prendra le train ensemble et on trouvera bien à la gare une voiture pour nous mener au cimetière. Dis donc, qu'est-ce que c'est que tout ce monde ?

Par petits paquets, des gens s'agglutinaient près de la tombe destinée à Annelore. Sous leurs habits discrets, Helmut ne reconnaissait pas les habitués de Saint-Pauli. Il dut les examiner attentivement pour repérer un visage familier, puis un autre. Des voisines de la Paul Roosen Strasse venues apporter un dernier salut à leur amie. Le patron de *L'Ours*, Günther, était là, serré dans un veston trop étroit et rasé de près. Le policier aperçut Fritz Rohr Comment avait-il su ? Il faut croire que la tendresse a des antennes. Il pleurait et ses voisins devaient le prendre pour un parent d'Annelore. Et puis des inconnus parmi lesquels se cachait peut-être l'assassin. L'inspecteur poussa du coude son collègue :

— Dis donc, Otto, et s'il était là, le salaud qui l'a tuée ?

— Comme on ne sait pas qui c'est...

— Tu crois qu'il aurait eu le culot de venir ?

— Ça ne m'étonnerait pas...

Le ton d'Otto intrigua Helmut. Il y discerna une assurance qui l'empêchait de penser à une boutade. Mais si l'autre se trouvait là, où se tenait-il ? Rageusement, il recommença à inspecter les visages qui l'entouraient et dont l'aspect physique se rapprochait de celui décrit par Gertrud, comme si une voix intérieure dût l'avertir au moment où son regard atteindrait la figure du meurtrier. L'arrivée du fourgon détourna ses pensées. Lorsque les hommes des Pompes funèbres sortirent le cercueil, Schwenke eut du mal à retenir ses larmes. Les femmes sanglotaient. On descendit la longue boîte à l'aide de cordes. Le pasteur récita la prière des morts et, ayant béni la dépouille d'Annelore, il se tourna vers Helmut pour qu'à son tour il accomplît le même geste. Après Schwenke, ce fut Otto, puis Rudolf. Rangés tous les trois au bord de la fosse, ils observaient les assistants venant un à un adresser un dernier adieu à la morte Maintenant, Helmut les reconnaissait presque tous . filles et leurs amis, quelques patrons de bar, Schlüter qui ressemblait à un notaire, Günther qui, s'étant trop approché, faillit glisser dans le trou, Fritz Rohr au visage ravagé. Seul, Mathias Fischer était absent. Une femme qui tranchait sur les autres intrigua Schwenke. Il se pencha vers Hübner :

— Qui c'est celle-là ?

— Une serveuse de Buck, le marchand de saucisses à l'angle de la Talstrasse.

Pendant qu'il examinait cette femme, quelque chose se déclenchait dans l'esprit d'Helmut. Il sentait qu'il était sur le point de prendre conscience d'un fait important mais dont il ne parvenait pas à deviner la nature. Cela le troublait et l'intriguait au point qu'il ne prenait plus garde au déroulement de la cérémonie. En lui passant son bras sous le sien, Otto le ramena à la réalité.

— Alors, quoi ? Tu dors ?

Déjà le pasteur était parti ainsi que le fourgon. Les fossoyeurs jetaient des pelletées de terre sur le cercueil.

Les derniers ils quittèrent le cimetière. Intrigué, Hübner épiait son ami :

— Qu'est-ce que tu as ?

— Je ne sais pas... c'est cette fille... la servante de Buck.

— Elle te plaît ?

— Imbécile...

A la porte, Günther et quelques autres entourèrent les policiers et Rudolf pour leur exprimer leurs condoléances comme si Annelore avait été de leur famille. Schwenke ne put s'empêcher de songer que si Adda voyait ça, elle en prendrait un coup de sang.

Le patron de *L'Ours* résuma l'opinion générale en déclarant :

— On compte sur vous, monsieur Schwenke, et sur vous, monsieur Hübner, pour le coincer celui qu'a fait le coup !

Ce fut Otto qui répondit :

— On fera ce qu'on pourra, mais ce sera difficile, vous vous en doutez, hein ? On ne le connaît pas le voyou et la seule qui aurait pu l'identifier, Gertrud, vous savez ce qu'il lui a fait.

A ce moment, Schwenke comprit enfin ce qui le travaillait depuis un moment. Il cria presque :

— La servante !

Ils le regardèrent avec des yeux ronds, se demandant s'il avait perdu la tête.

— La servante du restaurant d'Hagenbeck ! Voilà notre témoin ! Allez, vieux, on y file en vitesse... Excusez-nous, les amis, mais on est pressé !

Et les tirant par la manche, Helmut entraîna son fils et son ami. Dès qu'ils se furent un peu éloignés, le policier expliqua :

— Cette fille pourra sûrement nous donner une description exacte du meurtrier car elle l'a vu sans lunettes noires ni chapeau rabattu sur le visage. Elle a servi Annelore et Rescher samedi. On saura si ses renseignements cadrent avec ceux de Gertrud et puis elle nous fournira peut-être quelque détail susceptible de nous mettre sur la voie.

— Pourquoi veux-tu qu'elle se le rappelle parmi tous les clients ?

Pour les convaincre, Helmut leur rapporta l'incident du demi que le pseudo-Joachim avait renversé sur lui et la servante appelée à la rescousse, ajoutant que cette fille répondait au prénom de Grete.

— Pas une minute à perdre, Otto, on va là-bas pour mettre cette demoiselle à l'abri jusqu'à ce qu'on soit arrivé à trouver notre homme !

Otto ne se montrait pas particulièrement enthousiaste et Schwenke enregistra mentalement le fait.

— Stellingen n'est pas à côté. Tu ne penses pas y aller à pied, par hasard ?

— Il n'y a qu'à téléphoner au commissariat pour qu'ils nous envoient une voiture ! Je file jusqu'à la maison...

— Veux-tu que j'y aille, père, je cours plus vite que toi.

— D'accord, petit. Tu diras que c'est de la part de l'inspecteur Schwenke. Une auto tout de suite au cimetière de Dorfkrug pour mission à Stellingen. Un chauffeur suffira.

— Entendu ! Tu me permets de vous suivre ? N'importe comment, je ne peux plus me rendre au bureau maintenant, il est seize heures.

— Ah ! ah ! Prendrais-tu goût au métier ?

— Je trouve ça passionnant !

Mais Rudolf les fit attendre plus qu'ils ne l'escomptaient. Pour tromper son impatience, Helmut marchait de long en large.

— Mais, bon Dieu ! qu'est-ce qu'il fabrique ?

Rudolf survint, courant, essoufflé.

— Dis donc, tu as mis le temps !

— On n'avait pas pensé à maman !

— Nom d'un chien !

— Il a fallu que je lui explique ma présence et que je l'écarte du téléphone. Ça n'a pas été commode.

— Elle t'a entendu téléphoner ?

— Non, je ne pense pas car je l'avais envoyée dans ma chambre pour chercher un dossier soi-disant oublié et qui justifiait mon retour. J'ai fait celui qui le trouvait et, d'en bas, je lui ai crié que je repartais sans perdre de temps.

— Bien joué, bonhomme !

La voiture de police arriva sur ces entrefaites. Les trois hommes s'engouffrèrent et Helmut commanda :

— A Stellingen, chez Hagenbeck, Frantz !

Ils foncèrent et, en quelques instants, arrivèrent devant la porte principale du Jardin zoologique. Descendus de voiture, ils donnèrent l'ordre à Frantz de les attendre et se précipitèrent dans le parc, écartant le contrôleur qui réclamait leurs billets d'entrée par un « Police ! » qui fit rentrer l'employé dans sa coquille. Au restaurant, lorsqu'ils demandèrent à voir les servantes, le gérant exigea des explications mais quand il sut qu'il avait affaire à des inspecteurs de police il s'empressa de leur donner satisfaction. Lorsque les jeunes femmes rieuses se furent alignées devant lui, Helmut demanda :

— Vous êtes toutes là ?

Le gérant parcourut le rang d'un rapide coup d'œil.

— Je crois, oui.

— Qui s'appelle Grete ? questionna Helmut.

A ce moment, une rousse à l'air déluré remarqua :

— Grete n'est pas là. Elle est partie il y a un moment.

Le gérant intervint :

— Comment ça, partie ? A qui a-t-elle demandé la permission de s'absenter ?

La rousse haussa les épaules.

— J'en sais rien. On était en train de préparer les tables lorsque Grete nous a dit qu'elle avait un rendez-vous dans le parc et qu'elle serait de retour dans quelques instants. Pas vrai, Hildegarde ?

Hildegarde, une grosse fille placide qui mâchait du chewing-gum, s'arrêta de ruminer pour confirmer les dires de sa camarade.

— C'est vrai.

Helmut avait peur, sans savoir pourquoi.

— Elle ne vous avait pas parlé plus tôt de ce rendez-vous ?

— Non.

— Vous ne savez pas où elle devait rencontrer son amoureux ?

— Dans le parc. Mais où ?

— Comment s'appelle-t-elle ?

— Grete Schlisser.

— Comment est-elle ?

— Une petite, mince, brune.

— Sa robe ?

— Noire avec un col blanc en piqué.

— Bon. Monsieur le gérant, aucune de ces demoiselles ne doit quitter l'établissement avant que nous ne soyons revenus, c'est entendu ?

— C'est entendu, monsieur l'inspecteur.

Schwenke se tourna vers Hübner et Rudolf :

— Venez, vous autres !

Ils sortirent en trombe, laissant les serveuses se demander ce que Grete avait bien pu faire pour mettre à ce point la police en émoi. Dehors, regardant les rares passants, Schwenke remarqua :

— Encore une chance que ce soit mardi, il n'y a pas beaucoup de monde... Maintenant, il s'agit de retrouver au plus vite cette Grete Schlisser.

Otto, intrigué, demanda :

— Pourquoi cette hâte ? Qu'est-ce que tu crains ?

— Je n'aime pas les coïncidences... Cette fille qui

s'en va au moment où nous arrivons... C'est peut-être idiot, mais je redoute que ce soit Joachim qui lui ait donné rendez-vous...

Hübner grommela :

— Ça devient une obsession...

— Je veux l'espérer, Otto, mais je n'en serai certain que lorsque j'aurai pu parler à cette fille... Le parc est grand et nous allons nous partager la besogne...

Rudolf interrompit son père :

— Papa, nous perdons du temps, il faut aller vite. Si vous voulez, je prends par la droite, c'est le chemin le plus long et je peux courir. M. Hübner passera par le milieu, la steppe africaine, les oiseaux, les lions, et toi par la gauche en longeant les enclos des phoques, des otaries et l'école de dressage. Rendez-vous à la cage des pumas. De là, si on n'a pas repéré la demoiselle, on redescendra par les voies secondaires. Qu'est-ce que tu en penses ?

— D'accord ! En route !

Rudolf partit en longues foulées en direction de la faune australienne et avant de se séparer, les deux inspecteurs l'entendirent qui criait : « Fräulein Schlisser ! Fräulein Schlisser ! » Tandis qu'Hübner s'éloignait d'un pas vif dans l'allée menant au ravin des lions tout en appelant aussi Grete Schlisser, Helmut fila sur la gauche vers la baraque des rafraîchissements avant de remonter sur le nord-ouest. Quelque temps, ils perçurent leurs appels, puis chacun fut livré à lui-même.

Les rares visiteurs regardaient avec étonnement ce monsieur d'allure si sérieuse qui examinait sous le nez les femmes rencontrées et qui, sans interrompre sa marche, appelait à tue-tête une demoiselle Schlisser. Les plus jeunes riaient, les plus âgés hochaient la tête. Schwenke eut un battement de cœur en découvrant une jeune femme portant une robe sombre orné d'un col blanc et qui lançait des graines aux oiseaux. Il s'approcha rapidement :

— Je vous demande pardon. Etes-vous mademoiselle Grete Schlisser ?

Avant que l'interpellée ait pu répondre, un homme dans la force de l'âge s'avança :

— Qu'est-ce que c'est, Clara ?

— Je priais mademoiselle de me dire si elle était quelqu'un que je cherche.

— Le truc est usé, mon vieux, vous pourriez trouver autre chose !

Suffoqué, Helmut mit un certain temps à réaliser le sens de la réflexion et quand il eut compris, il s'emporta :

— Vous vous croyez intelligent ?

— Non, mais dites donc, et vous ? En voilà un, par exemple, qui ne manque pas de culot !

— Culot ou pas, je vous prie de vous taire. J'appartiens à la police et je cherche une jeune fille en danger de mort !

Et pivotant sur ses talons, il reprit sa marche tout en continuant à crier : « Fräulein Schlisser ? » Pourquoi avait-il dit que Grete se trouvait en danger de mort ? Ça lui était venu spontanément aux lèvres parce que, depuis qu'il avait appris ce brusque rendez-vous, il ne pouvait s'ôter cette idée de l'esprit. Il tourna autour de l'école de dressage sous le regard indifférent des chameaux d'Asie et atteignit la cage des pumas où Hübner arriva en même temps que lui.

— Alors ?

— Rien... J'ai pourtant exploré le rocher des mouflons qui pourrait faire une bonne cachette... pas plus de Grete que dans le creux de ma main !

Ils entendirent les échos de la voix de Rudolf appelant toujours la disparue. Otto remarqua :

— Il ne semble pas qu'il ait obtenu plus de résultat que nous ?

Ils virent Rudolf déboucher au trot de l'allée longeant la cage des léopards et l'enclos des chèvres naines. Quand il fut auprès d'eux, le jeune Schwenke eut du mal à reprendre son souffle. La sueur lui coulait le long du visage. Il avoua :

— Je n'en peux plus... J'ai voulu descendre jusqu'à l'écurie des poneys... Il m'a fallu activer l'allure pour ne pas trop vous faire attendre mais, franchement, je crois bien que je suis rouillé...

Sans prêter autrement attention à son fils, Helmut fixait un couple arrivant face à eux de la direction du rocher aux singes.

— Et si c'était ces deux-là ?

Après avoir jeté un coup d'œil sur les promeneurs encore éloignés, Hübner murmura :

— Nous aurions l'air fin...

— Je préfère me faire ficher de moi que de me pencher sur un cadavre ! répondit sèchement Schwenke.

— Je te laisse le soin de prier cette jeune personne de te donner son nom.

— Je n'ai pas pensé à te charger de cette démarche !

Mais au moment où le couple s'approchait des policiers, il obliqua brusquement sur la droite pour entrer chez les lamas. Hübner gloussa et Schwenke cria presque :

— Et alors ? Même si c'est Grete Schlisser, qu'est-ce qui l'empêche...

Sa réflexion fut interrompue par un hurlement d'épouvante provenant justement de l'écurie des lamas. Helmut jura et tous trois foncèrent à toutes jambes. Rudolf les devança aisément et, comme il atteignait le bâtiment où le couple avait disparu, la jeune fille sortit, l'air hagard. Rudolf la prit par le bras :

— Qu'est-ce qu'il y a ?

Elle se contenta de montrer d'un doigt tremblant l'intérieur de l'écurie.

— Là... là... Oh ! mon Dieu !

Hübner et Helmut rejoignirent le jeune homme et, ensemble, ils pénétrèrent dans le pavillon. Tout de suite, ils virent le compagnon de la jeune fille qui, l'air hébété, contemplait quelque chose à ses pieds. Schwenke l'écarta brutalement. Une jambe de femme apparaissait sous la paille entassée dans un coin par les gardiens pour les litières.

— Rudolf, veux-tu emmener monsieur dehors afin qu'il calme l'affolement de la jeune demoiselle et tu veilleras à ce que personne n'entre...

Rudolf et l'inconnu les ayant quittés, Helmut s'adressa à Hübner :

— Obsession, hein ?

Otto semblait écrasé. Il fixait cette jambe gainée de nylon et répétait pour lui seul, sans même se rendre compte qu'on l'entendait :

— Mais quand ?... Quand ?... Quand ?...

Schwenke eut tôt fait d'enlever le peu de paille couvrant le corps. Une fille, mince, brune, vêtue d'une robe noire avec un col de piqué blanc. Grete Schlisser était allée rejoindre Annelore et Gertrud. Le policier s'agenouilla. La morte encore chaude portait au cou les marques de la strangulation. Joachim avait signé son nouveau crime. L'inspecteur se détourna pour regarder son collègue. Hübner, tel un chien de chasse, fouinait dans tous les coins et Helmut crut le voir saisir quelque chose par terre et le glisser dans sa poche.

— Otto ?

Hübner ne se savait pas observé, car il tressaillit.

— Oui ?

— On vient de la tuer...

— Je m'en doute, figure-toi...

— Pourquoi ce ton agressif ?

— Je veux dire que Joachim l'a assassinée pendant que nous venions au Jardin zoologique ou, qui sait ? tandis que nous étions au restaurant en train d'interroger les serveuses.

— C'est possible.

— C'est certain.

— D'accord, c'est certain, et puis après ?

— Comment a-t-il deviné que nous allions arriver ?

— Oh ! moi, les devinettes, ce n'est pas mon fort !

Du coup, la colère de Schwenke éclata. Il marcha vers son compagnon :

— Dis donc, Hübner, qu'est-ce que ça signifie tout ça ?

— Tout ça quoi ? rétorqua l'autre, hargneux.

— Je n'aime pas la manière dont tu agis ou réagis !

— J'en suis navré.

— On a le sentiment que tu n'es pas tellement pressé de passer les menottes au tueur ?

— Et si cela était ?

— Je serais obligé de me demander pourquoi ?

— Eh bien ! demande-le-toi et fous-moi la paix !

— Otto, qu'est-ce que tu as ramassé et glissé dans ta poche il y a un instant ?

— Rien.

— Je t'ai vu.

— Tu as mal vu.

— Et si j'exigeais que tu vides tes poches ?

— De quel droit ? Nous sommes du même grade si je me rappelle bien ?

— Tu refuses ?

— Et comment !

— Tu avoueras que c'est curieux ?

— Si ça peut te faire plaisir, je n'y vois pas d'inconvénient...

Alors, Helmut déclara lentement :

— Et je constate que tu portes des gants...

— Une habitude ancienne. Lorsque je me rends à un enterrement, j'observe les vieilles manières...

Feignant de ne pas l'avoir entendu, Schwenke continua :

— Et si j'en juge par les ecchymoses marquant le cou de cette Grete, ecchymoses qui ressemblent fort à celles que portait Annelore et Gertrud, je conclus que son meurtrier portait lui aussi des gants.

— Et donc que ce meurtrier, c'est moi ? Quand l'aurais-je tuée ? Pourquoi l'aurais-je tuée ? Tu y réfléchiras plus tard, sans doute ? A moins que tu ne me colles aussi le meurtre d'Annelore et celui de Gertrud sur les reins ! Tu as vraiment de drôles d'idées par moments, Helmut... Alors, tu t'imagines que je n'ai pas assez massacré de gens quand je portais l'uniforme pour avoir encore envie de trucider mon prochain ?

Sans oser se l'avouer, Schwenke éprouvait une honte légère. Il biaisa :

— Il n'empêche que personne n'était au courant de notre intention de...

— Personne ? Tu l'as dit devant tout le monde à la porte du cimetière ? Tu deviens gâteux ou quoi ?

— Bon Dieu! c'est vrai...

Helmut réalisait brusquement la faute commise et qui avait coûté la vie à Grete Schlisser. Il s'effondra :

— Tu as raison... Je suis une vieille ganache...

plus bonne à rien... pas même à tenir sa langue, à prendre les précautions élémentaires... Le tueur se trouvait avec nous... Il a dû me remercier de le renseigner sur mes projets...

Dehors s'éleva le bruit d'une discussion des plus vives. Otto alla voir. Il s'agissait des gardiens affectés au pavillon qui se fâchaient parce que Rudolf ne voulait pas les laisser entrer. Hübner apaisa les antagonistes et demanda à Rudolf de se rendre à la cabine téléphonique de l'entrée pour joindre le commissariat afin d'y signaler le meurtre de la part de l'inspecteur Schwenke qui restait sur place en attendant l'arrivée des renforts. Hübner mit les gardiens au courant en quelques mots et, avec eux, réintégra l'intérieur de la maisonnette. Il leur fit fermer la porte donnant sur la prairie où les lamas adultes s'ébattaient. Les animaux regagnaient leur écurie avec un peu de retard, voilà tout. L'un d'eux protesta :

— Si l'un de nos chefs passe et voit encore les lamas dehors à cette heure-là, on est capable de se faire mettre à pied !

— Mais non, j'expliquerai la situation. Vous obéissez à un ordre, on ne peut vous en tenir rigueur. D'ailleurs, le plus simple est que l'un de vous aille prévenir le directeur de ce qui se passe. De toute façon, il doit être mis au courant.

L'homme poussa un soupir de soulagement :

— J'aime mieux ça... Tu y vas Hans ?

Hans ne se le fit pas répéter deux fois et, trop heureux de quitter un cadre où le cadavre de Grete le mettait mal à l'aise, il se précipita pour alerter les autorités du Parc Zoologique.

— Alors, monsieur Schwenke, vous êtes content de vous ?

Le commissaire Rolf Gehrard avait fait appeler Helmut dès qu'il était rentré dans le parc d'Hagenbeck.

— Pas précisément, monsieur le commissaire.

— Cela prouve que vous avez parfois du discernement ! Dommage que vous n'en témoigniez pas dans l'exercice de vos fonctions.

— Monsieur le commissaire...

— Car enfin, monsieur Schwenke, non seulement vous vous révélez incapable d'arrêter un meurtrier, mais encore vous lui permettez de continuer à tuer et ce, en toute tranquillité !

— Je ne parviens pas à percer son identité.

— Je ne vous le fais pas dire ! En somme, vous venez d'avouer votre totale incapacité ? Vous avez changé de ton, il me semble, monsieur Schwenke, depuis que dans ce même bureau, il y a deux jours, vous m'affirmiez que vous termineriez l'affaire en un tour de main ?

— Elle s'est révélée plus difficile que je ne pensais.

— Si je comprends bien, il vous faut des besognes de débutant pour donner la pleine mesure de vos possibilités, et vous avez le front de solliciter une prolongation de service ! Mais monsieur Schwenke, de quelle utilité vous croyez-vous donc dans ce commissariat ?

— J'ai fait ce que j'ai pu...

— Alors, c'est que vous pouvez peu, permettez-moi de le remarquer. En tout cas, grâce à vous, nous serons demain la risée de toute la police !

— Si des cadavres la font rire...

— Oh ! non, monsieur Schwenke, non ! Il ne vous appartient pas de manier l'ironie vis-à-vis de vos collègues et plus encore de vos supérieurs.

— A mon tour de vous dire : cela suffit, monsieur le commissaire !

Gehrard regarda l'inspecteur, se demandant s'il avait bien entendu.

— Inspecteur ! Vous vous permettez de...

— Oui, je me permets, monsieur le commissaire. Il est temps que nous nous comprenions une fois pour toutes. Il m'est impossible de travailler si vous me harcelez constamment. Vous m'aviez accordé une semaine. Vous avez ramené ce laps de temps à quarante-huit heures. Or, ces quarante-huit heures expirent demain soir. Voulez-vous, oui ou non, me ficher la paix jusqu'à demain soir ?

Les veines de Rolf Gehrard saillirent sur ses tempes sous l'effort qu'il s'imposait pour conserver son calme. Détachant ses mots, il annonça :

— Monsieur Schwenke, je n'oublierai pas le grave manquement à la discipline que vous venez de commettre et l'insolence dont vous avez fait preuve à mon égard. Si, demain soir, vous n'entrez pas dans ce bureau avec l'auteur des trois crimes, non seulement vous serez déchargé de l'affaire, mais encore vous serez mis à pied avec un blâme sévère qui, à quelques mois de votre retraite, peut porter un préjudice sérieux à vos intérêts matériels !

— Je n'ai jamais espéré autre chose de vous, monsieur le commissaire. Puis-je aller travailler maintenant ?

— Allez travailler, monsieur Schwenke. Je vous attends dans vingt-quatre heures ici.

— Je serai au rendez-vous, monsieur le commissaire.

— J'y compte bien, inspecteur.

Otto était rentré chez lui mais Rudolf avait tenu à rester pour entrer avec son père à Dorfkrug. Helmut remarqua que son fils paraissait bouleversé.

— Ça ne va pas, petit ?

— Je ne peux oublier la vision de ce corps sous la paille, c'est affreux...

Schwenke posa la main sur l'épaule de son garçon.

— Oui, c'est affreux... Je n'aurais pas dû t'emmener avec nous...

— Ça n'a servi à rien...

— C'est souvent ainsi dans notre métier... A croire qu'il y a des gens marqués d'avance par la mort...

— Mais pourquoi ?

Helmut haussa les épaules.

— Va savoir ! Pour des bêtises, souvent... Des histoires très simples qu'on complique à plaisir et puis tout s'enchaîne... Plus moyen d'arrêter... Prends ce Rescher, par exemple, ce n'est sûrement pas un tueur professionnel et pourtant, il tue, il tue... et quand nous l'arrêterons, on s'apercevra sans doute que pour éviter un scandale qui lui aurait coûté sa situation au maximum, il va perdre la vie, ou, pour le moins, la liberté. Tu ne trouves pas que c'est idiot ?

— Si. Seulement, je crois qu'on ne réfléchit pas toujours avant d'agir et après, comme tu le dis, c'est trop tard...

— Pour chacun de nous, Rudolf, à un moment de nos existences, il est toujours trop tard... Enfin, ne parlons plus de tout ça...

Ensemble, ils regagnèrent Dorfkrug. Entre le point d'arrêt du tramway et la maison, Schwenke rapporta à son fils la discussion qu'il venait d'avoir avec Rolf Gehrard.

— Quelquefois, il m'est arrivé de regretter que tu ne sois pas entré dans la police, Rudolf, mais après des scènes comme celles-ci, je me félicite que tu aies pris un autre chemin. Je ne sais rien de pire que cette soumission de tous les instants à des chefs qui ne comprennent rien en dehors de tout ce qui peut accélérer ou retarder leur avancement. Comment espérer qu'en quelques heures, je puisse découvrir et arrêter un assassin sans visage ? A moins d'un hasard bien improbable, je ne ferai plus partie de la police de Hambourg demain soir. Personnellement, cela me serait égal, tellement je suis écœuré, mais c'est ta mère...

— Je lui expliquerai.

— Adda est comme mon commissaire, elle n'entend que ce qu'elle veut entendre. Elle triomphera en prouvant que tout ce qui nous arrive, c'est à cause d'Annelore Erben... Ce qui est d'ailleurs vrai, dans un sens... et puis, ma retraite risque de ne pas être ce qu'elle devrait être si je suis mis à pied... et la vie est déjà si difficile...

— Pour ça, ne t'en fais pas, je suis là pour t'aider...

Schwenke serra le bras de son garçon :

— Sais-tu, Rudolf, que je suis presque heureux de ce qui m'arrive ? Cela nous a permis de nous rejoindre... de nous connaître... de savoir que nous pouvons compter l'un sur l'autre et c'est bougrement réconfortant, mon petit...

Avant d'arriver à la maison, ils se séparèrent pour ne pas rentrer ensemble. Déjà. Ilse devait être furieuse de l'absence de Rudolf à leur rendez-vous habituel à la sortie du bureau. Sans doute savait-elle déjà par les camarades de son fiancé qu'il n'était pas venu travailler dans l'après-midi. Il fallait qu'il inventât une histoire de mission. Se présenter en compagnie de son père l'eût rendue moins plausible.

Lorsque Rudolf se fut éloigné, Schwenke décida de faire une courte promenade dans Dorfkrug : cela laisserait le temps au garçon d'arranger son affaire. Cette complicité avec son fils enchantait l'inspecteur. Il lui semblait maintenant qu'Annelore, Gertrud et même Grete appartenaient à un autre monde dont il s'était brusquement détaché. Il repensa à la scène d'Otto, son camarade de toujours, et il eut de nouveau honte de ce qu'il avait pu lui dire. Il se promit de lui présenter ses excuses dès le lendemain, lorsqu'ils se retrouveraient à Lünebourg pour enterrer Gertrud. Certes, se rendre là-bas, c'était bien perdre un temps précieux, mais Helmut ne nourrissait plus aucune illusion quant à ses chances de rencontrer Joachim Rescher. Qu'un autre prît sa place, il n'y voyait aucun inconvénient. Il n'en éprouvait pas la moindre humiliation, certain d'avance que son successeur échouerait comme il avait échoué. Malgré son affection pour les victimes, il devait s'avouer que cette perspective ne lui déplaisait pas.

## CHAPITRE VIII

Schwenke et Otto passèrent toute leur matinée du lendemain au Parc zoologique, dans le faible espoir de trouver un indice susceptible de les mettre sur la trace du fantomatique Joachim Rescher qui ne sortait du néant que pour commettre ses crimes et s'y engloutissait aussitôt après.

Les collègues de Grete, interrogées une à une, pleurèrent beaucoup leur camarade disparue, mais aucune ne fut capable de fournir le moindre renseignement qui eût aidé les policiers. Ce que le gérant dit de Grete n'avait aucune importance et la rapide enquête menée au domicile de la jeune morte ne se révéla pas plus fructueuse. Il apparaissait que Grete n'avait jamais vu Joachim avant cet après-midi où la malchance voulut qu'elle le servît. Pourtant, la préposée au téléphone du café-restaurant, Frau Rosemeyer, qu'on avait omis de convoquer lors du rassemblement des serveuses, fit aigrement remarquer que si on avait pris la peine de s'informer auprès d'elle, elle aurait dit que Grete avait été appelée au téléphone et qu'en quittant la cabine, elle avait déclaré à Frau Rosemeyer :

— Vous parlez d'un coup de veine ! Je vais gagner cinq cents marks !

Elle n'en savait pas davantage, car Grete avait filé sans vouloir répondre aux questions de Frau Rosemeyer.

Vers midi, Hübner et Schwenke se retrouvèrent devant l'entrée du Parc zoologique ayant, une fois de plus, perdu leur temps. La personnalité de Joachim Rescher tournait au mythe. Otto essaya de distraire son camarade en évoquant la fureur de Rolf Gehrard, mais Helmut n'avait pas du tout envie de rire. Vexé, Otto s'enquit :

— Qu'est-ce que tu as l'intention de faire maintenant ?

Schwenke poussa un soupir résigné :

— Continuer.

— C'est-à-dire ?

— Comme si tu ne le savais pas ! Je vais interroger des gens qui se ficheront de moi et me diront que j'ai bien de la chance de n'avoir qu'à me promener ! Je vais faire le flic, quoi ! Ensuite, j'irai rendre compte à M. le commissaire. Et toi ?

— Moi ? Je file à Lünebourg pour accompagner Gertrud dans son dernier voyage. Tu la laisses tomber ?

Helmut hésita et puis, se décidant brusquement :

— Après tout, Rescher ne sera ni plus proche, ni plus loin dans quatre heures que maintenant... Alors, je ne vois pas pourquoi je ne me permettrais pas un saut à Lünebourg. J'aime mieux être à l'heure près de Gertrud que près de Rolf Gehrard !

Après l'enterrement, la mère de Gertrud ne voulut pas les laisser repartir tout de suite et ils durent la suivre dans cette petite ferme achetée par sa fille où la vieille vivait chichement de ses volailles et de ses lapins. Maintenant qu'elle ne pouvait plus compter sur la pension que lui servait Gertrud, elle gémissait d'être obligée de vendre, à moins que sa fille n'ait laissé pas mal d'argent à son compte en banque, ce dont les policiers étaient certains. Ils rassurèrent leur hôtesse, tout en dégustant le kummel qu'elle avait tenu à leur offrir.

— Gertrud me parlait quelquefois de vous dans ses lettres. Elle disait que vous étiez de bons amis. Quoique je ne voie pas trop comment elle a pu vous rencontrer... Des inspecteurs de police, ça n'a pas grand-chose à faire avec une représentante en produits de beauté, pas vrai ?

Ils se regardèrent, ne sachant pas trop quoi répondre.

— Elle avait un bon métier, ma Gertrud... Ça lui permettait de s'habiller comme une dame et de se mettre des parfums. Ils lui coûtaient pas cher, bien sûr... N'empêche que des fois, quand elle m'emmenait déjeuner au restaurant, près de la gare, j'avais peur de la gêner... Moi, j'ai toujours été une paysanne... Une bonne petite, ma Gertrud, personne dira le contraire... Pas regardante pour un sou... et, avec ça, une bonne chrétienne... C'est pas elle qu'aurait manqué l'église le dimanche. Pourquoi je suis pas partie avant ? C'est pas juste...

Elle pleurait ainsi que pleurent les vieux, sans bruit. Entendre l'éloge d'une Gertrud qui n'avait jamais existé, ou alors il y a si longtemps, embarrassait les deux inspecteurs.

— Et pourquoi on l'a tuée, je me demande ? Faut-il qu'il y ait de mauvaises gens ! Elle n'aurait jamais causé du tort à personne... Mais vous l'attraperez, ce maudit ?

— On s'y emploie de notre mieux, madame, mais c'est difficile...

— Moi, j'ai confiance. Je suis sûre que vous le trouverez et j'irai à Hambourg quand on le jugera. Vous pensez qu'on lui coupera la tête ?

— Ce sont les juges qui décideront.

— Parce que je leur dirai, moi, aux juges, comment qu'elle était ma Gertrud...

Otto pensa que si un jour venait où le meurtrier dût comparaître en justice, il faudrait trouver un moyen quelconque pour éviter que la bonne femme ne se rendît au procès où elle risquait d'apprendre sur sa fille des détails qui la bouleverseraient.

— Je vous verse encore une goutte ?

Ils refusèrent, arguant de l'heure du train. Elle tint à les embrasser avant qu'ils ne partent.

— C'est pour elle, vous comprenez ?

Elle resta sur son seuil jusqu'à ce qu'ils aient disparu au tournant de la route menant au village où le taxi les attendait. Ils se retournèrent pour lui adresser un dernier salut de la main.

Ils marchèrent d'un bon pas sans éprouver le besoin de parler. Helmut rompit le silence :

— Je me demande comment elle a pu lui jouer la comédie si longtemps sans qu'elle s'aperçoive de rien ?

— Nous nous jouons tous la comédie plus ou moins et bien malin celui qui se figurerait qu'il connaît vraiment ceux avec lesquels il vit.

Schwenke ne répondit pas, craignant d'entendre Hübner exhaler encore une fois cette misanthropie qui le rongeait. Alors qu'ils traversaient Lünebourg dans le taxi les ramenant à la gare, Otto remarqua :

— Ma femme aimait bien Lünebourg... Nous y étions venus passer notre lune de miel. Elle disait que ça lui plairait que nous nous y retirions au moment de la retraite... Elle a manqué de patience.

Helmut ne répliqua pas davantage. La fuite de sa femme était la plaie qui dévorait Otto et que rien, ni personne, ne pourrait jamais cicatriser. Les deux amis se retrouvèrent seuls dans le compartiment du train les emportant vers Hambourg. Le silence entre eux ne pouvant s'éterniser, Schwenke le rompit :

— Dans quelques heures, je vais donner à Rolf Gehrard une des plus grandes joies de sa carrière en lui offrant l'occasion de me sacquer...

Hübner contemplait le paysage. Il ne tourna pas la tête pour répliquer :

— Les Rolf Gehrard et leurs pareils n'ont aucun intérêt... Laisse donc tomber tout ça.

— Je ne vois pas comment je pourrais agir autrement... A qui penses-tu qu'il va remettre l'affaire ? A son chouchou Gustav Belen, qui a dû rentrer de congé hier soir ?

— Je n'en sais rien et je m'en fiche !

— Toi peut-être, mais pas moi.

Otto se décida à regarder son ami.

— Qu'est-ce que tu veux dire ?

— Que je vais rechercher l'assassin pour mon propre compte.

— Tu as parfois de curieuses idées...

— Parce que je tiens à ce que justice soit rendue !

Exaspéré, Hübner éclata :

— Tu me fais suer, avec ta justice ! Tu sais ce que c'est, toi, la justice ?

— Il se peut que je l'ignore, mais ce dont je suis convaincu, c'est que nul n'a le droit de tuer son prochain !

— Et qu'est-ce que tu as fait d'autre pendant cinq ans ?

— Pas la même chose !

— Que tu dis !

— En tout cas, ni Annelore, ni Gertrud ne méritaient de mourir.

— Parce qu'il y en a qui méritent de mourir ? Ils méritaient de mourir, ceux qui ont été écrasés par des bombes ? Ils méritaient de mourir, ces Russes que nous avons assassinés, à titre d'exemple ?

— Tu m'embêtes, Otto... A t'écouter, j'ai l'impression que tu souhaites qu'on ne retrouve jamais le meurtrier ?

— Et quand cela serait ?

— Mais, enfin, pourquoi ?

— Pourquoi ?... Parce que j'en ai assez de tuer, de priver un être humain de sa liberté en le livrant aux juges... Je n'approuve pas, bien sûr, les actes de cet homme, mais je ne peux m'empêcher de le voir, traqué, pareil à une bête aux abois et tuant pour protéger sa fuite, tuant parce qu'à cause de nous il ne peut plus agir autrement. Imagines-tu ce que doit être sa peur ? Epiant nos gestes ? Essayant de deviner nos intentions ? Risquant à chaque fois le tout pour le tout ? N'hésitant pas à nous côtoyer à l'enterrement d'Annelore, figé d'angoisse à l'idée que nous pourrions le remarquer ?

— En bref, c'est nous les criminels ?

— Peut-être sommes-nous aussi des criminels...

Schwenke était indigné, mais comme toujours, en face d'Otto, il ne trouva pas les arguments capables de détruire les paradoxes de son ami. Il se contenta de maugréer entre ses dents et, délibérément, regarda à son tour par la fenêtre.

Hostiles, fermés, les policiers n'échangèrent plus un mot jusqu'à l'arrivée.

Par acquit de conscience, Schwenke — bien que sans illusion — passa le reste de l'après-midi à fureter dans Saint-Pauli avec l'espoir fragile de rencontrer ce témoin providentiel à l'existence duquel il ne croyait guère. Vers dix-neuf heures, il se décida à réintégrer le commissariat pour comparaître devant Rolf Gehrard et reconnaître sa défaite.

Hübner l'attendait et quand il vit Schwenke, ayant posé chapeau et pardessus, se diriger vers la porte pour monter chez le commissaire, il ne put s'empêcher de lui dire :

— Courage, vieille mule ! Ce n'est qu'un mauvais moment à passer... Rappelle-toi que nous en avons vécu d'autres et de plus rudes !

— Merci, Otto. J'espère que je saurai conserver mon calme.

N'obtenant pas de réponse, Helmut frappa plusieurs fois à la porte du bureau du commissaire. Attiré par le bruit, un planton surgit du fond du couloir.

— Vous cherchez le commissaire, monsieur l'inspecteur ?

— Oui.

— Il a téléphoné il y a moins d'une heure pour dire qu'il était retenu et qu'il ne viendrait que dans la soirée. J'allais descendre mettre une note sur votre bureau car il a souligné qu'il tenait à vous rencontrer.

— C'est bon, Friedrich... Si vous le voyez avant moi, prévenez-le que je redescendrai après dîner, bien que je ne sois pas de service.

— Entendu, monsieur l'inspecteur.

Mais Schwenke n'avait pas envie de remonter à

Dorfkrug. Convaincu qu'il vivait ses dernières heures de policier, il repartit dans cette Reeperbahn qu'il considérait un peu comme son terrain particulier. A ceux qui l'eussent observé, Helmut aurait donné l'impression d'un propriétaire arpentant les limites d'un domaine qu'il allait quitter définitivement. Rien ne l'empêcherait, bien sûr, de revenir à Saint-Pauli, de même que l'officier à la retraite rôde encore aux abords du champ de manœuvres, mais ce ne serait plus la même chose. Tout un monde se fermait à lui, un monde où il avait accoutumé de pénétrer de jour et de nuit. Avec chacun des « aboyeurs » chamarrés vantant les attractions exceptionnelles de leur cabaret, Schwenke échangeait quelques mots et ces généraux, amiraux d'opérette lui répondaient de bonne grâce, le connaissant depuis longtemps et l'appréciant. En serait-il ainsi demain ? Helmut descendit la Reeperbahn jusqu'au carrefour où, à droite, débouche la rue de la Grosse Freiheit. Depuis qu'il avait longé la devanture éclairée de Buck, le marchand de saucisses, contre laquelle s'amassaient les curieux pour regarder le patron griller les viandes, le fantôme d'Annelore, avec laquelle il était venu manger là, marchait à ses côtés. A l'entrée de la Grosse Freiheit, celui de Gertrud le rejoignit. Prisonnier de ses souvenirs, l'inspecteur erra sans but précis à travers Saint-Pauli. Cependant, la force de l'habitude lui fit prendre d'instinct les rues le ramenant vers la Reeperbahn et pareil au dormeur qui s'éveille, il ne revint à la réalité qu'en se trouvant devant l'entrée du commissariat au moment où sonnait la demie de huit heures. Hübner semblait guetter sa venue et se précipitant :

— Grouille-toi un peu, Helmut ! Il y en a un qui t'attend depuis près d'une heure !

— Qui ?

— Schlüter.

— Qu'est-ce qu'il veut ?

— Il entend ne le dire qu'à toi !

Ils pénétrèrent ensemble dans le bureau où Schlüter, à la vue de Schwenke, se leva pour dire d'une voix onctueuse :

— Bonsoir, monsieur l'inspecteur.

— Bonsoir, Schlüter. Asseyez-vous. Alors, il paraît que vous avez quelque chose à me confier ?

— Oui, monsieur l'inspecteur. Je vous ai promis de collaborer avec vous ; je tiens parole.

— C'est très bien. Je vous écoute.

Aigrement, Hübner demanda :

— Je ne suis pas de trop ?

Schwenke ne lui répondit que par un haussement d'épaules et Otto s'installa à califourchon sur une chaise. Fier du rôle qu'il jouait, Schlüter se gratta longuement la gorge avant d'annoncer :

— Voilà... Eva Rinding est de retour !

Helmut regarda Hübner pour voir si ce nom lui apprenait quelque chose, mais à la mimique de son camarade, il dut admettre qu'Otto n'en savait pas plus que lui.

— Ah !... Et qui est cette Eva Rinding, Schlüter ?

— Une amie d'Annelore Erben... presque sa voisine de palier.

Du coup, l'attention des policiers se fixa.

— Vous m'apprenez qu'elle est de retour... Mais d'où revient-elle ?

— De prison.

— Vraiment ?

— Oh ! pour une peccadille, monsieur l'inspecteur. Dans un grand magasin, elle s'est laissée tenter... Bref, elle a tiré trois mois... Pour moi, elle aura perdu la tête... Ces étalages, c'est un peu une tentation, n'est-ce pas ?

— Je ne vois pas pour quelles raisons vous êtes venu me raconter ça ?

— Attendez, monsieur l'inspecteur, attendez ! Il faut vous dire que je me suis absenté presque toute la journée de mon hôtel, j'avais affaire à Brême et c'est une de mes clientes, la plus âgée, frau Dorothée Hansregen — qui est chez moi depuis plus de dix ans — qui m'a remplacé. C'est elle qui a reçu Eva Rinding ce matin lorsqu'elle est arrivée. Eva ne savait pas la triste aventure d'Annelore... Comme c'est une fille qui a du cœur, elle s'est rendue en fin d'après-midi au cimetière de Dorfkrug pour déposer un bouquet sur la tombe de son amie...

— C'est très gentil de sa part, mais je ne vois toujours pas...

— On y est, monsieur l'inspecteur, on y est ! En sortant du cimetière, elle est allée prendre le 36 pour revenir en ville et qu'est-ce qu'elle a vu à l'arrêt ? Joachim Rescher !

Heureux de son coup de théâtre, l'hôtelier promena sur les deux policiers un regard satisfait. Pâle, Helmut se penchait vers lui :

— Vous êtes certain de ce que vous nous apprenez là, Schlüter ?

— Certain, monsieur l'inspecteur.

— Votre Eva connaissait donc Rescher ?

— Elle était avec Annelore lorsque celle-ci a rencontré Rescher pour la première fois. Elle ne l'a pas revu depuis, mais elle n'a pas oublié ses traits ; pour moi, c'est parce qu'elle a dû éprouver du dépit que le garçon ait jeté les yeux sur sa copine plutôt que sur elle. Il faut avouer qu'Eva est un joli brin de fille...

— Comment êtes-vous au courant de cette rencontre ?

— C'est Eva qui me l'a apprise... Imaginez-vous que je me trouvais au bureau lorsque je vois mon Eva toute pimpante, jolie comme un cœur, pomponnée, parfumée, sur son trente et un, quoi, et qui me tendait ses clés en me disant bien des choses gentilles sur le plaisir qu'elle éprouvait à me revoir... Vous savez ce que c'est... Moi, j'ai pas voulu demeurer en reste... Je l'ai félicitée sur sa bonne mine.. Je l'ai même un peu plaisantée sur le régime qu'elle avait suivi là d'où qu'elle venait... des bêtises... Et puis, de fil en aiguille, on en est venu à parler de cette pauvre Annelore... C'est à ce moment qu'elle m'a dit qu'elle avait vu Joachim Rescher et qu'elle partait le rejoindre...

Lui coupant la parole, Schwenke se dressa d'un jet :

— Qu'est-ce que vous nous racontez ?

— Je raconte, monsieur l'inspecteur, qu'Eva Rinding m'a déclaré avoir rendez-vous ce soir avec Joachim Rescher.

— Mais voyons, Schlüter, vous savez bien que nous tenons cet individu pour le meurtrier que nous recherchons !

— Bien sûr, monsieur l'inspecteur, bien sûr et mon premier mouvement a été de la mettre en garde, la petite, mais Schlüter est un garçon qui réfléchit et je me suis tu !

— Mais, bougre d'imbécile, vous ne vous rendez donc pas compte qu'en agissant ainsi vous l'avez peut-être envoyée à la mort, cette fille ?

— C'était une chance à courir, monsieur l'inspecteur... Si j'y avais dit la vérité, Eva, elle serait pas allée rejoindre le tueur, hein ? et comment vous auriez pu l'empoigner ?... Parce que j'espérais qu'on aurait le temps de lui tendre un piège... Seulement, je pouvais pas me douter que vous seriez pas à votre bureau...

Il n'y avait rien à répondre. Confus, hargneux, Helmut demanda :

— Vous savez où ils devaient se voir ?

— Au *Titenkabaret*, dans le Vallentinskampf.

— L'heure ?

— A mon avis, vers vingt heures, parce qu'Eva elle m'a quitté à dix-neuf heures trente.

— Et il est presque vingt et une heures ! Tant pis, on risque le coup ! Si pour une fois la veine est avec nous, on peut encore les rattraper ! On vous emmène, Schlüter, puisqu'il n'y a que vous qui connaissez Eva Rinding...

Schwenke maudissait cette idée qu'il avait eue d'aller se promener dans Saint-Pauli. S'il était resté dans son bureau, il aurait reçu Schlüter une heure plus tôt et aurait pu organiser une souricière pour coincer Rescher. Décidément, tout jouait contre lui ! A croire que la Providence protégeait cet insaisissable meurtrier ! Pourvu qu'il ne soit pas trop tard ! L'inspecteur ne nourrissait, en effet, aucune illusion ; se voyant reconnu par la jeune fille, Rescher lui ferait subir le sort de Gertrud et de Grete...

Ils arrêtèrent leur voiture sur le Gänsemarkt et tous trois remontèrent à pied le Vallentinskampf. Dans la nuit, les lumières du *Titenkabaret* giclaient sur le trottoir. Otto demeura devant la porte, la main sur le revolver qu'il avait dans sa poche... Helmut et Schlüter pénétrèrent dans l'établissement. Ils s'arrêtèrent un instant sur le seuil, quelque peu suffoqués par la chaleur et la fumée. L'hôtelier regardait attentivement les consommateurs et, déçu, se tourna vers le policier :

— Elle n'est pas là !

Schwenke s'attendait tellement à la chose qu'il n'en fut pas autrement affecté. Il alla au comptoir et interrogea le barman :

— Police ! Pas vu un jeune homme et une jeune fille qui ont dû passer ici un bon moment et filer il n'y a pas longtemps ?

— Vous savez, des couples, il en vient pas mal...

Schlüter décrivit Eva et la toilette qu'elle portait.

— En effet, je les ai remarqués. Ils ont filé il n'y

a pas cinq minutes. Lui, il est descendu au sous-sol et c'est en remontant — maintenant je me les rappelle bien — qu'il a eu l'air de vouloir entraîner sa compagne...

— Entraîner ?

— Oui, elle ne semblait pas tellement d'accord...

Helmut allait ressortir lorsqu'une idée l'arrêta :

— Attendez-moi un instant, Schlüter.

Il se précipita au sous-sol et interrogea la dame des lavabos :

— Un jeune homme est venu téléphoner il y a quelques instants ?

— Oui, pourquoi ?

— Quel numéro a-t-il demandé ?

— Ici, on prend simplement un jeton... Je ne peux pas savoir à qui et où on téléphone...

Dehors, Schlüter et Hübner attendaient le retour de Schwenke.

— Qu'est-ce qu'on fait, Helmut ?

— Ecoute, Otto... Réfléchissons... Pour moi, Rescher tient à en finir avec Eva le plus vite possible... Où peut-il l'avoir emmenée ? Chez lui, ce serait trop dangereux...

Ce fut Schlüter qui remarqua :

— Il y a le parc à quelques pas d'ici ?

— Et c'est là qu'on va aller !

Otto prit le trottoir de gauche, Schlüter et Schwenke celui de droite. Ils remontèrent à grands pas vers la Karl-Muck Platz examinant les couples qu'ils croisaient ou dépassaient. Ils se rejoignirent sur la place pour entrer dans le parc, s'en remettant une fois de plus à la chance. Ils prirent la direction de la Glacis-chaussée, s'arrêtant de temps à autre pour prêter l'oreille et scruter la nuit, essayant de faire abstraction du fond sonore de la ville. Devant eux, le ciel rougeoyait, reflétant les éclairages au néon de la Reeperbahn. Ils allaient, tendus, anxieux, fouillant les recoins les plus sombres lorsqu'un cri les figea un court instant sur place. Ils s'élancèrent vers l'endroit d'où leur avait paru venir la voix et faillirent passer à côté d'Eva sans la remarquer. Elle était étendue sur l'herbe, au pied d'un arbre et c'est parce que sa jupe retroussée laissait voir sa lingerie mettant une tache claire dans l'obscurité qu'Otto la repéra. Schwenke se pencha sur la jeune femme et presque aussitôt se releva avec un soupir de délivrance :

— Ouf !... Nous sommes arrivés à temps, elle n'est qu'évanouie !

Ils ranimèrent Eva qui, d'une voix entrecoupée de sanglots, leur conta sa triste aventure. Joachim s'était montré très gentil envers elle. Ils avaient longuement parlé d'Annelore en se demandant qui pouvait bien être l'auteur de sa mort. Eva avait pleuré. Après que Rescher fut descendu au sous-sol du café, il offrit à sa compagne de la ramener chez elle. Dehors, ils s'en étaient allés bras dessus, bras dessous et avaient pris par le parc parce que c'était le chemin le plus court pour regagner la Reeperbahn. Soudain, son compagnon s'était détaché d'elle et c'est alors qu'elle s'était sentie prise par le cou et qu'elle avait crié. Après, elle ne se rappelait plus rien.

Il s'avérait vain de poursuivre dans le parc un

homme qui s'y dissimulerait et gagnerait paisiblement le Holstenwall, à moins qu'il ne retournât sur la Reeperbahn. Admettant sa défaite, Schwenke et les autres rejoignirent la voiture. Au moment où la jeune fille s'apprêtait à y monter, elle se rendit compte que sa main droite restait crispée sur quelque chose qu'elle serrait nerveusement. Elle ouvrit la main et, dans sa paume, les policiers virent une sorte de breloque qu'Otto examina à la lueur des phares. Il s'agissait d'un insigne sportif. Helmut le glissa dans sa poche en déclarant :

— Voilà le premier indice... On va peut-être pouvoir en tirer quelque chose...

A la station d'autobus de la Reeperbahn, Schwenke descendit.

— Je rentre me coucher, Otto, je suis crevé... Ramène Schlüter et la petite à l'hôtel. N'oublie pas de mettre fräulein Rinding sous surveillance...

— Et le commissaire qui veut te voir ?

— Pour ce qu'il a à me dire, cela peut attendre.

— D'accord. Bonne nuit, vieux !

— Bonne nuit... Et vous, mademoiselle, que cette aventure vous serve de leçon. N'ouvrez votre porte à personne, vous entendez ? A personne et ne passez jamais dans les rues peu fréquentées. Rescher vous craint et il tentera de vous écarter définitivement. Vous êtes pour lui une menace qui l'empêchera de dormir. Nous ferons notre possible pour vous protéger, mais aidez-nous !

— Je vous le promets, monsieur l'inspecteur.

L'inspecteur Schwenke avait l'habitude, rentré chez

lui, de vider ses poches sur la tablette située dans l'entrée, à seule fin de ne pas oublier ses clés s'il lui prenait fantaisie de changer de vêtement. Il posa pêle-mêle sa plaque de police, son trousseau et la breloque arrachée par Eva à son agresseur, puis monta se coucher, trop las, trop déprimé pour réfléchir plus avant. Avoir été si près de la réussite et avoir, une fois encore, perdu la partie, lui brisait les nerfs.

# CHAPITRE IX

A maintes reprises, dans son sommeil, Helmut se débattit contre l'innommable puissance l'empêchant d'arrêter le geste meurtrier d'assassins qui, sous ses yeux horrifiés, étranglaient leurs victimes. Plusieurs fois, il se réveilla, hagard, la respiration oppressée, la sueur aux tempes. Ce ne fut que vers le matin qu'il plongea dans un repos profond, exempt de cauchemars.

Vers dix heures, Adda vint voir s'il ne se sentait pas malade. Elle eut beau prendre des précautions, le grincement léger de la porte fit sursauter le dormeur.

— Qu'est-ce que c'est ?

— C'est moi, Helmut... Tu n'es pas souffrant ?

— Non, pourquoi ?

— Parce qu'il est tard et comme il n'est pas dans tes habitudes de rester couché dans la matinée...

Helmut s'assit sur son lit pendant que sa femme tirait les rideaux.

— Quelle heure est-il donc, Adda ?

— Dix heures et demie.

— Fichtre !

— On a déjà téléphoné deux fois du commissariat.

— Qui ça ?

— Hübner.

— Qu'est-ce qu'il voulait ?

— Il paraît que le commissaire te réclame à cor et à cri.

— Si ça l'amuse... Bon, eh bien ! je vais me lever !

— Je te fais chauffer du café ?

— Si tu veux, oui.

Adda regagna la cuisine. Helmut, ayant passé son pantalon et enfilé ses pantoufles, entra dans la salle de bains. Contrairement à ce qu'il redoutait, la perspective de son entrevue avec Rolf Gehrard, loin de l'accabler, l'émoustillait. Perdu pour perdu, il lui dirait ce qu'il avait sur le cœur depuis le temps qu'il servait sous ses ordres et subissait sa hargne intransigeante, son hostilité à peine déguisée. Il se sentait dans la disposition d'esprit qui était sienne lorsque, avant une attaque contre les positions russes, ayant dépassé le stade de la peur, il glissait de l'hébétement à la colère et, pour se libérer, éprouvait une envie irrésistible de foncer sur l'ennemi.

Sa toilette terminée, son café avalé, Schwenke passa dans l'entrée pour prendre son manteau. Sur la tablette, il ramassa ses clés mais éprouva l'obscure impression qu'il lui manquait quelque chose. La breloque ! Il regarda par terre au cas où on l'eût fait tomber. Il ne la vit pas et appela Adda. Elle apparut en s'essuyant les mains de son tablier, fort grognonne, n'aimant pas à être dérangée quand elle faisait la vaisselle.

— Tu n'as rien pris, là, sur la tablette ?

— Non, pourquoi ? Tu as perdu quelque chose ?

— Une breloque sportive.

— Celle de Rudolf ?

— Comment ça, celle de Rudolf ?

— Oui, il croyait l'avoir perdue et a été tout heureux ce matin, en partant, de s'apercevoir qu'il l'avait simplement oubliée ici.

Helmut n'entendait plus ce que racontait sa femme. Il se cramponnait au mur pour ne pas glisser au sol. Tout tournait autour de lui. Une nausée irrépressible lui mettait le cœur sur les lèvres. Devant le changement effrayant de son visage, Adda prit peur :

— Qu'est-ce qui t'arrive ?

Il haletait. Ce n'était pas possible, voyons ! Pas son fils ! Pas son garçon ! Tous les autres, peut-être, mais pas lui, pas lui, pas lui !

— Adda...

Le souffle court, il peinait à prononcer les mots.

— Tu te trouvais là quand Rudolf est rentré hier soir ?

— Oui.

— Il... il ne t'a rien... dit ?

Mme Schwenke haussa les épaules :

— Monsieur était d'une humeur de chien !

— A cause ?

— Qu'est-ce que j'en sais ? Il n'a rien voulu me dire... Sans doute une querelle avec Ilse...

Il devait y avoir une explication ! Helmut ne voyait pas de quelle source elle relèverait, mais il était certain qu'il y en aurait une ! Rudolf avait pu se tromper de breloque... Toutes ces pendeloques se ressemblaient... Pourquoi serait-ce la sienne ? Un numéro ? Mais avait-il songé seulement à le regarder, ce numéro, trop heureux de retrouver ce qu'il s'imaginait perdu... Rudolf aimait Ilse... Il allait l'épouser : pourquoi serait-il allé s'occuper d'Annelore ? D'ailleurs, il ne la connaissait pas ! C'était abominable de soupçonner Rudolf ! Les mâchoires crispées, Helmut s'interdisait de penser à autre chose mais, en dépit de ses efforts, dans sa tête en feu, comme un battant de cloche, cognait sans arrêt la menace qu'il tentait de ne pas entendre :

— Ton fils ! Ton fils ! Ton fils !

Il lutta tant qu'il le put pour ne pas céder à la panique qui menaçait de l'emporter, mais c'était au-dessus de ses forces et, d'un coup, il craqua. Alors, comme un torrent qui rompt ses digues, tous les détails oubliés le submergèrent... Tu te souviens, Helmut, du brusque changement de Rudolf à ton égard ? Il voulait être au courant de ce que tu préparais et toi, imbécile, qui t'imaginais... Tu l'as renseigné sur Gertrud... Que venait-il faire au cimetière ? Tu as jugé naturel qu'il perde une demi-journée pour te tenir compagnie au bord de la tombe d'une fille qu'il n'avait jamais vue. Il se trouvait à tes côtés quand tu as parlé de Grete... et le temps qu'il a mis pour téléphoner au commissariat, hein ? Sans doute a-t-il donné rendez-vous alors à Grete... Et chez Hagenbeck, c'est lui qui a décidé des itinéraires que vous deviez prendre... Il a tué Grete presque sous tes yeux ! Et si Eva Rinding l'a rencontré, c'est que Rudolf habite Dorfkrug. Avec un gémissement sourd, Schwenke se laissa tomber sur la chaise de l'entrée. Il aurait voulu cacher son désarroi à sa femme, mais il ne le pouvait plus. Il sentit une larme qu'il n'arrivait pas à retenir couler sur sa joue, puis une autre et une autre encore... Il pleurait sans bruit, sous le regard effaré d'Adda qui, avant même de comprendre, avait peur. La voix tremblante, elle chuchota :

— Mais qu'est-ce que tu as, Helmut ?

Il fallait qu'il la mît au courant. Comment allait-elle réagir ? Pourquoi était-il obligé de toujours lui porter des coups cruels ?

— Ma pauvre Adda !

Il ne parvenait pas à choisir les mots nécessaires pour l'amener tout doucement à la terrible évidence. Crispée, elle attendait et devant son hésitation, elle cria presque :

— Mais parle ! Parle donc !

— Notre fils...

De nouveau, il s'arrêta. Il n'arrivait pas à prononcer les phrases qui la condamneraient en même temps qu'elles condamneraient Rudolf.

— Tu vas te décider à la fin ? Qu'est-ce qu'il a mon fils ?

— Je redoute que... qu'il soit un assassin...

Durant le silence qui suivit, Adda, les yeux fixes, la bouche ouverte, se tint immobile, pareille au bœuf qui, frappé à mort par le merlin du boucher, vacille un instant sur ses pattes avant de s'effondrer. Puis, elle se mit à reculer lentement, comme si son mari lui inspirait un dégoût insurmontable. A voix basse, elle dit :

— Tu oses... !

Il voulut lui prendre les mains, mais elle les cacha vivement derrière son dos :

— Ne me touche pas !

Désespéré de cette incompréhension qui ajoutait à sa douleur, il tenta de la convaincre :

— Adda... il faut nous appuyer l'un sur l'autre maintenant... pour supporter tout ce que nous allons avoir à supporter...

Haineuse, elle jeta :

— Tu me fais horreur ! Tu es un misérable ! Tu détestes ton fils parce qu'il n'est pas un bon à rien comme toi ! Pas un petit fonctionnaire sans ambition... Tu ne sais plus quoi inventer pour le salir !

— Mais tu ne vois donc pas que je préférerais crever que d'arrêter mon fils ?

— Tu es fou ! Pourquoi l'arrêterais-tu ?

— Je te l'ai dit, Adda... C'est un assassin !

— Je ne te crois pas ! Et, d'abord, qui aurait-il tué ?

— Annelore Erben... Gertrud Torner... Grete Schlisser... Et, hier soir, il a essayé de tuer Eva Rinding... Je suis arrivé à temps pour l'en empêcher, mais la petite en se débattant lui a arraché cette breloque... qu'il a reconnue pour sienne ce matin...

— Il... s'est peut-être trompé ?

— Non, Adda, il ne s'est pas trompé... Il y a trop de coïncidences... L'aide qu'il me proposait... Son changement d'attitude à mon égard... L'assassin appartenant au même club que lui... Comment ce détail ne m'a-t-il pas frappé cette nuit ?... Ainsi, le meurtrier que je cherchais se trouvait dans ma propre maison...

— Si tu as raison, Helmut, il faut admettre que Rudolf est fou !

— Je le voudrais, mais, hélas ! il ne l'est pas...

Elle tenta de se raccrocher à un espoir.

— Enfin, pourquoi donc aurait-il assassiné ces femmes ?

— La première parce qu'elle était sa maîtresse et qu'elle attendait un enfant... Les autres, parce qu'elles connaissaient sa liaison et qu'elles pouvaient le dénoncer !

— Ce n'est pas vrai ! Ce n'est pas vrai ! Rudolf aime Ilse et je suis certaine qu'il lui est fidèle...

— Non, Adda, notre fils n'aime pas sa fiancée... Il m'en a presque fait l'aveu mais il tient à elle pour sa situation... Il préférait Annelore...

— Qui ?

— Annelore Erben, celle qu'il a étranglée.

— Et que tu as fait enterrer à Dorfkrug ?

— Oui.

Elle changea de visage.

— C'est donc ça ?

— Quoi ?

— Tu t'acharnes après lui parce qu'il a tué cette fille, cette saleté qui le détournait de son devoir, cette prostituée que tu aimais ?...

— Ne dis donc pas de sottises...

— Je vois clair dans ton jeu, maintenant, Helmut !

— Tu es folle, ma pauvre Adda...

— Folle ou pas, tu ne toucheras pas à mon fils !

— Je ferai mon devoir.

— Je me moque de ton devoir ! Je veux qu'on laisse Rudolf tranquille !

— Je n'ai pas le droit de laisser un assassin en liberté.

— Rudolf n'est pas un assassin, il n'a fait que se défendre !

— Et les autres ?

— Elles ne m'intéressent pas !

— Tu n'es pourtant pas une malhonnête femme, Adda...

— Je suis une mère qui défend son garçon contre un père dénaturé...

— Tais-toi ! Ce que tu racontes est abominable ! Je souffre autant que toi...

— Menteur !

— Je souffre autant que toi, Adda, mais je ne veux pas trahir la confiance de mes concitoyens.

— Tes grandes phrases ne me touchent pas ! Rudolf peut être sauvé si tu te tais... Personne d'autre ne le soupçonne...

— J'ai l'impression qu'Hübner a deviné depuis pas mal de temps...

— Il se taira aussi si tu le lui demandes !

— Je ne lui demanderai pas !

— Si, Helmut, tu le lui demanderas parce que si on arrête mon fils, je quitterai cette maison et tu ne me reverras jamais ! jamais !

Elle lui tourna le dos et gravit l'escalier. Il écouta son pas dans le couloir au-dessus de sa tête. Il l'entendit entrer dans sa chambre et tourner la clé dans la serrure. Elle s'enfermait avec son chagrin et sa haine. Schwenke gagna la pièce où se trouvait le téléphone. Il ne voulait pas arrêter Rudolf en public. Il allait le prier de venir à la maison sous un prétexte quelconque et il l'emmènerait auprès de Rolf Gehrard. Déjà sa main se tendait vers l'appareil, mais il la retira vivement comme s'il craignait de se brûler.

C'est sans doute vrai que s'il l'en priait, Otto ne soufflerait mot de l'histoire. Vrai encore qu'à part Hübner et lui, personne ne soupçonnerait son fils. Si Rudolf quittait Hambourg, il serait à l'abri d'Eva Rinding. A l'heure de sa retraite, Adda et lui iraient rejoindre le ménage d'Ilse et de leur fils. La condamnation de Rudolf, le désespoir d'Ilse, le chagrin inconsolable d'Adda, sa propre peine ne rendraient pas la vie aux mortes. La justice ? Oui, bien sûr, la justice... Mais, où se cachait-elle, la justice ? L'injustice de la mort des trois pauvres filles serait-elle atténuée par l'injustice des souffrances endurées par Adda, Ilse et lui-même ? Rudolf pourrait se racheter. Libre, il rendrait plus de service à l'Allemagne qu'enfermé pour le reste de ses jours dans une prison. A mesure qu'il les énumérait, ces arguments convainquaient Helmut. Sans compter que, par reconnaissance, Adda redeviendrait peut-être ce qu'elle était avant. L'inspecteur allait donner sa chance à son fils, sauver Adda et Ilse. Il ne téléphonerait pas et accepterait, tout à l'heure, sa mise à pied pour incapacité. Quelle importance si Rudolf était sauvé !

Bien qu'il fût assis à côté du téléphone, Schwenke était tellement enfoncé dans ses pensées qu'il ne perçut pas tout de suite le bruit pourtant violent de la sonnerie. Quand il s'en rendit compte, il décrocha :

— Allô !

— Allô ! C'est toi, Helmut ?

— Oui, Otto, c'est moi.

— Tu as une drôle de voix... Quelque chose qui ne va pas ?

— Plus rien ne va, mon vieux...

— Ah !

— Otto... Tu savais, toi, à qui appartenait la breloque ?

— Je m'en doutais.

— Et tu ne m'as rien dit ?

— A quoi bon ? Tu es mon ami...

— D'accord, mais je suis policier.

— Et puis après ?

— Tu raisonnes comme Adda.

— Parce qu'elle est au courant ?

— Oui.

— Comment réagit-elle ?

— Elle exige que je me taise, que je te demande de te taire...

— Pour moi, c'est entendu. Qu'elle ne se fasse pas de souci.

— Tu n'as pas le droit, Otto...

— Ça ne regarde que moi.

— Mais enfin...

— Mais, enfin, Helmut, l'inspecteur Otto Hübner est mort à Voronej, tu ne le savais pas ? Et celui qui a pris sa place se fiche assez de la société pour agir à la façon qui lui plaît. Sur ce, si tu tiens à rencontrer M. le commissaire avant qu'il ne meure d'un coup de sang provoqué par ton absence, je te conseille de rappliquer. A tout de suite, camarade, et ne t'occupe plus de toute cette saloperie.

Otto... Sous son apparence bourrue, il restait un brave homme... qui aimait assez ses rares amis pour accepter de partager leurs fautes jusqu'à leurs plus extrêmes conséquences. Rasséréné, Schwenke décida de sauver Rudolf. Il ne dirait rien à personne de ce qu'il avait découvert et, pour tranquilliser Eva, on lui raconterait un bobard quelconque. Adda avait le droit de vouloir finir sa vie en paix, Ilse avait le droit d'être heureuse. Pourquoi les punir en châtiant Rudolf ? L'inspecteur aurait un entretien avec son fils. D'abord, le garçon se confesserait puis, ensemble, rapprochés pour toujours, ils essaieraient d'envisager l'avenir. Sa résolution prise, Helmut se prépara à quitter sa maison pour une ultime visite au commissariat et à Rolf Gehrard.

Au moment de franchir le seuil séparant la pièce où il réfléchissait de l'entrée, les yeux de Schwenke se portèrent sur le diplôme soigneusement encadré et qui depuis bien longtemps se trouvait à cette place. Il s'agissait d'un témoignage de satisfaction décerné par le bourgmestre de Hambourg à l'agent Helmut Schwenke, qui, au péril de sa vie, avait résolument fait son devoir en arrêtant un assassin barricadé dans sa chambre et dont la police avait entrepris le siège. Cette histoire remontait déjà loin. Prétrifié, l'inspecteur ne pouvait détacher son regard du diplôme où se détachait en lettres gothiques la devise « Fidélité et Devoir ». Helmut revoyait le jeune agent qu'il était alors, brûlant de zèle, fier de ses responsabilités. Si quelqu'un à cette époque lui avait prédit qu'il trahirait un jour ses fonctions et la confiance de ses chefs, il ne se serait même pas fâché, tant l'hypothèse lui eût paru absurde et il aurait ri. Pourtant, c'était ce même agent, félicité jadis par ses chefs qui, aujourd'hui, étouffait la voix de sa conscience pour ne pas meurtrir sa famille en permettant à un criminel d'échapper aux rigueurs de la loi. Que penserait Annelore si elle le voyait ? Que dirait Gertrud ? Il y a des actes qu'on ne peut commettre sans se renier, des gestes qu'on ne peut faire sans se déshonorer. Schwenke décrocha le téléphone et appela la maison où travaillait son fils. Quand il l'eut obtenue, il demanda qu'on prévienne Rudolf que sa mère venait d'être victime d'un accident grave et qu'elle l'attendait de toute urgence.

Tel le condamné à mort qui vient d'entendre le président des assises prononcer le verdict et demeure anéanti, sa raison cabrée en face d'un avenir que tout en lui refuse, Helmut, écrasé par la décision prise, perdait la notion du temps. Il n'arrivait plus à coordonner ses idées. Il vivait un cauchemar dont il ne parvenait pas à s'arracher. Adda... Rudolf... Annelore... Ilse... Gertrud... Grete... Tous ces visages défilaient dans son esprit en un pitoyable carrousel, où les morts l'emportaient sur les vivants. Le bruit d'une auto s'arrêtant devant la maison l'arracha à la torpeur où il s'enlisait. Péniblement, il se dressa. Son calvaire commençait.

Schwenke apparut dans l'entrée à l'instant où Rudolf y pénétrait. Sans prendre le temps d'ôter ses affaires, le garçon demanda :

— Maman ?

— Elle est dans sa chambre.

— C'est très grave ?

— Non.

Rudolf qui, déjà s'élançait vers l'escalier s'arrêta net :

— Pourtant on m'a dit...

— C'est moi qui ai téléphoné.

— Et alors ?

— J'ai menti.

— Tu as menti ?

— Pour te faire venir...

Quelque chose changea dans l'atmosphère brusquement tendue. Rudolf pâlit.

— Je ne comprends pas.

— Tu n'oses pas comprendre mon garçon ; tu as peur de comprendre, voilà tout. Entre ici, je vais t'expliquer.

Ils se retrouvèrent dans la petite pièce au téléphone.

— Assieds-toi.

Rudolf prit place sur une des chaises qu'Adda avait apportées de chez elle lors de son mariage. L'inspecteur montra la breloque qui pendait du gilet de son fils.

— Ta mère m'a appris que tu croyais l'avoir perdue ?

— Oui, mais je l'ai retrouvée sur la tablette de l'entrée.

— Non.

— Non ?

— C'est moi qui l'ai retrouvée.

— Ah !

— Tu ne tiens pas à savoir où ?

— Mais...

— Je vais te le dire quand même. Dans la main d'Eva Rinding qui te l'a arrachée pendant que tu essayais de l'étrangler...

Rudolf se leva d'un bond.

— Père ! Qu'est-ce que tu racontes ?

Mais la voix d'Helmut avait repris son intonation professionnelle.

— Assieds-toi !

Subjugué, le garçon obéit.

— Dans la main d'Eva Rinding que tu tentais d'assassiner comme tu as assassiné Annelore, Gertrud Torner et Grete Schlisser...

— Père, ce n'est pas possible ! Tu es devenu fou ? Enfin, pour quelles raisons aurais-je tué ces malheureuses ?

— Parce qu'elles savaient que tu étais l'amant

d'Annelore Erben qui allait te donner un enfant et qui voulait se faire épouser !

— Tu mens !

— Non, c'est toi, Rudolf, c'est toi qui mens, qui as toujours menti... Eva t'a rencontré hier, tu l'avais oubliée... et tu as voulu te débarrasser d'elle comme tu t'étais débarrassé des autres...

— Ce n'est pas vrai !

— Ce n'est pas vrai ?

— Non, je te le jure !

— Tu n'as pas été au *Titenkabaret* dans le Valentinskampf cette nuit ?

— Non !

— Bon, c'est ce que nous allons savoir. Viens !

— Où m'emmènes-tu ?

— Voir Eva Rinding, et si elle te reconnaît, nous irons ensemble rendre visite au barman du *Titenkabaret* et à la préposée au téléphone... Si tu passes toutes ces épreuves à ton avantage, je te ferai mes excuses et Otto Hübner t'adressera les siennes...

— Otto ?

— Lui aussi a découvert que tu es le coupable que nous recherchons. Alors, on y va ?

— Non !

Une immense houle de pitié souleva Helmut regardant son fils qui ressemblait à une bête traquée. Crispé sur sa chaise, il avait l'air de s'attendre à ce qu'on l'en arrachât de force. D'une voix rauque, il supplia :

— Laisse-moi partir ?

— Je ne peux pas.

— A cause de ta carrière ?

— Ma carrière, tu l'as brisée en serrant le cou d'Annelore. Non, Rudolf, c'est à cause de quelque chose que tu ne peux plus comprendre. Une parole donnée, jadis, un serment prêté en pleine connaissance de cause et que je n'ai ni le droit, ni le goût de renier. Pourquoi as-tu tué Annelore ?

— Elle menaçait de venir faire un scandale à l'usine !

— Tu l'aimais ?

— Je ne sais pas... Je ne sais plus... mais je ne voulais pas l'épouser... Ma vie aurait été finie... et puis, Ilse...

— Personne ne peut assassiner impunément... Il valait mieux perdre ta place, perdre Isle que de devenir un assassin... Un assassin, toi !

— J'ai agi sur un mouvement de colère... Je le regrette.

— C'est gentil de ta part ! Et c'est sur un coup de colère que tu es allé tuer Gertrud ? C'est sur un coup de colère que tu nous as accompagnés, Otto et moi au Parc zoologique où, sans doute, pendant que tu étais supposé téléphoner au commissariat pour nous faire envoyer une voiture, tu téléphonais également à Grete pour lui donner rendez-vous près de l'enclos des lamas ? Et tu as eu le sang-froid nécessaire pour nous duper tous les deux et nous faire passer par d'autres chemins que celui où Grete t'attendait. Tu l'as étranglée pendant que nous la cherchions, n'est-ce pas ?

— Oui.

— Je n'ai encore jamais rencontré de criminel capable d'agir avec un pareil sang-froid. Tu ne pourras pas nier la préméditation. Tu auras de la chance si tu sauves ta tête !

— Non ! non ! non !

— Conduis-toi en homme, Rudolf. Annelore, Gertrud, Grete, elles aussi, ont dû vouloir crier : « Non ! non ! non ! non ! » quand elles ont compris que tu les assassinais et, pourtant, tu as serré tes doigts autour de leur gorge ?

— Par pitié, tais-toi... par pitié...

— La pitié, Rudolf, tu ne peux guère espérer l'obtenir et, pourtant, tu ne peux plus demander autre chose... Il faut venir avec moi, maintenant.

— Je ne veux pas aller en prison !

— Tu n'iras pas en prison, mon petit !

Ils se retournèrent. Adda se tenait sur le seuil et les regardait. Elle s'avança et entoura de son bras les épaules de son fils.

— Non, tu n'iras pas en prison, c'est ta maman qui te le promet.

Cramponné à sa mère, Rudolf enfouissait son visage dans sa robe. Schwenke intervint :

— Tout cela ne nous mènera à rien, Adda.

Elle ne lui répondit pas. Elle caressait les cheveux de son garçon.

— Je ne t'ai pas élevé pour que tu passes ta vie en prison. Je ne t'ai pas sauvé des bombardements pour qu'on te sépare de moi. Ton père comprendra...

— Adda, je t'en prie, ne complique pas ma tâche !

— Je parlerai à ton père, Rudolf... Il n'est pas

possible qu'il accepte de perdre son unique enfant. Et moi ? Il faudra bien qu'il pense un peu à moi... Tu te rends compte ce que serait notre existence si nous ne t'avions plus ? Il sait que je ne lui pardonnerais jamais... jamais... jamais !

Il fallait en finir, sinon Helmut devinait qu'il n'aurait plus le courage d'interrompre cette scène hallucinante où l'on parlait en sa présence comme s'il n'était pas là. Il s'approcha :

— Rudolf... Viens...

Le garçon leva vers Schwenke un regard brouillé de larmes et le policier reconnut le regard ancien du bébé qu'il avait si longtemps porté dans ses bras :

— Viens, mon grand.

Rudolf se leva et sa mère poussa un cri de détresse incrédule :

— Tu ne vas pas me quitter ?

A son tour, Rudolf prit sa mère dans ses bras et l'embrassa :

— Adieu, maman...

Avant qu'elle ait pu le retenir, il s'arracha d'elle et passa dans l'entrée où son père le rejoignit. Helmut prit son manteau au vol et referma la porte derrière eux au moment où Adda commençait à hurler avec la voix d'une bête qu'on égorge. Le taxi que Rudolf avait pris pour venir à Dorfkrug et qui devait le ramener à Altona attendait. Ils y montèrent. Schwenke donna l'adresse de son commissariat, sur la Reeperbahn.

Lorsque le commissaire Rolf Gehrard apprit le

retour de l'inspecteur Schwenke, il donna l'ordre de le faire monter immédiatement dans son bureau. Il avait des heures de colère rentrée dans le cœur et il s'apprêta à s'en libérer. En réponse aux coups discrets frappés à sa porte, il hurla plutôt qu'il ne dit d'entrer. En voyant Helmut, Rolf se dressa :

— Ah ! vous voilà quand même, inspecteur ! Vous avez eu la bonté de vous rappeler que je vous attendais depuis hier soir ? C'est vraiment très aimable à vous et...

Les mots expirèrent sur ses lèvres lorsque Rudolf tenu par le bras, entra à la suite de son père. Le commissaire regarda les deux hommes.

— Schwenke, qui est ce garçon ?

— L'assassin que je cherchais, monsieur le commissaire.

— Vous voulez dire que vous avez arrêté le...

— Le meurtrier d'Annelore Erben, de Gertrud Tornet et de Grete Schlisser... celui aussi qui, cette nuit, a tenté de tuer Eva Rinding...

— Ça, alors... Et il a avoué ?

— Il a avoué.

Gehrard s'approcha du prisonnier :

— Tu te reconnais coupable ?

— Oui.

— Oui, monsieur le commissaire !

— Oui, monsieur le commissaire.

— Et ne fais pas le malin, parce qu'on t'apprendra très vite la politesse, ici !

— Oui, monsieur le commissaire.

— Ton nom ?

— Schwenke.

— Quoi ?

— Rudolf Schwenke.

Ahuri, Rolf Gehrard se tourna vers Helmut, quémandant une explication.

— Mon fils, monsieur le commissaire.

— Votre fils... !

La situation dépassait nettement Rolf Gehrard. Il regagna son bureau et s'assit, prenant le temps de réfléchir.

— Depuis quand savez-vous ?

— Une heure.

— Des preuves, en plus des aveux ?

— Des preuves formelles, indiscutables.

Il fallait que le commissaire fût vraiment ému pour poser la question suivante :

— Alors, qu'est-ce qu'on fait maintenant ?

— La routine habituelle. Interrogatoire d'identité, rédaction des aveux et transfert au juge d'instruction.

Gehrard appuya sur un bouton, tout en disant :

— L'inspecteur Belen va s'occuper de ça...

Au planton qui se présenta, Rolf commanda d'emmener le prisonnier dans le bureau de l'inspecteur Belen. Avant de sortir, Helmut passa les menottes à son fils.

— C'est la loi, Rudolf...

— Papa, je te demande pardon...

— Moi, ça n'a plus d'importance... Va, mon petit...

Resté seul avec Schwenke, Gehrard dit :

— Je vous plains, inspecteur... et je vous félicite... Je... je crois que je m'étais trompé sur votre compte.

Parce que, enfin, vous auriez pu lui permettre de s'échapper... personne n'était au courant.

— Si, moi.

Le commissaire s'inclina :

— Je vais rédiger un rapport très élogieux sur votre compte. Nous ne sommes pas responsables de ce que font nos enfants. Et si vous voulez rester en activité encore un an ou deux, j'appuierai votre demande.

— Je vous remercie, monsieur le commissaire, mais, pour moi, tout est fini maintenant... J'ai le regret de vous remettre ma démission.

— Je ne l'accepte pas, Schwenke. Je vous mets en congé... pour un mois... après nous verrons... Je tiens à ce que vous puissiez toucher intégralement votre retraite... Je.... je suis très fier de... de vous avoir eu sous mes ordres.

En gagnant le bureau où l'on faisait subir à Rudolf son premier interrogatoire, Helmut rencontra Otto. A la vue de son vieil ami, il ne put retenir ses larmes. Hübner prit son camarade par l'épaule :

— Reprends-toi, Helmut... Il a fallu que tu fasses du zèle, hein ?

— Mon métier, simplement.

— Sans doute es-tu incorrigible... Allons voir le petit.

— Je n'y tiens pas.

— Tu as voulu ce calvaire, Helmut, il faut le gravir maintenant. Je resterai avec toi.

L'inspecteur Belen s'avouait en lui-même rudement

embêté de la tâche inattendue qui lui incombait. En dépit de ses efforts, il ne pouvait oublier que l'assassin se trouvant en face de lui était le fils de Schwenke. La nouvelle avait vite fait le tour du commissariat et chacun manifestait, à sa manière, la part qu'il prenait au chagrin d'Helmut. Les collègues qu'il croisait dans les couloirs lui serraient la main au passage, d'autres essayaient de se lancer dans des phrases qu'ils ne parvenaient pas à terminer. Tout le monde ressentait une peine sincère.

Rudolf ne bougea pas à l'entrée de son père et d'Hübner. On aurait dit qu'il appartenait déjà à un autre monde. Les deux inspecteurs prirent place un peu en retrait du meurtrier et l'écoutèrent répondre avec calme aux questions de Belen chez qui la présence de Schwenke redoublait encore l'embarras. Rudolf expliqua posément qu'il avait étranglé Annelore lorsqu'elle eut refusé la somme d'argent qu'il lui proposait pour acheter son silence. Il eut la chance de ne pas être aperçu du patron de l'hôtel, occupé à manger lorsqu'il était sorti. Pour se faire ouvrir la porte de Gertrud, il avait usé du nom de son père et attaqué la fille par surprise. En ce qui concernait Grete, il lui avait téléphoné de Dorfkrug pour lui demander si elle voulait gagner cinq cents marks facilement en se rendant au pavillon des lamas où on la chargerait d'une commission pas très difficile. Appâtée par l'argent offert, la jeune fille avait tout de suite accepté sans s'interroger davantage sur cette proposition insolite. Quant à Eva, complètement oubliée, lorsque Rudolf l'avait trouvée brusquement en face de lui, il avait compris qu'il lui fallait absolument la supprimer.

Le ton calme de son fils déconcertait Schwenke. Etait-il possible que ce Rudolf qu'il s'imaginait connaître soit devenu cet homme insensible, racontant posément ses forfaits sans manifester le moindre remords ? Il revoyait le bébé qu'il promenait dans Dorfkrug, qu'il menait sur le manège de chevaux de bois au moment des fêtes, à qui il apprenait ses premières lettres, au chevet duquel il avait passé des nuits inquiètes... Comment avait-il pu se transformer, sans que Helmut en ait eu conscience, en cet être implacable qui avait tué sans l'ombre d'un regret ? Désespéré, Schwenke se débattait dans un brouillard dont il n'émergea que pour entendre son fils déclarer froidement :

— Naturellement, je regrette mes actes... surtout pour ma mère et pour mon père... à qui je demande pardon. J'ai perdu la tête.

« Non, Rudolf, tu n'as pas perdu la tête. Tu as agi en pleine connaissance de cause. Tu ne mérites aucune pitié. » Toutefois, Helmut remarqua que son fils ne faisait aucune allusion à sa fiancée. Il semblait avoir oublié l'existence d'Ilse. Après avoir jeté un coup d'œil à ses collègues comme pour leur demander conseil, Belen conclut :

— Bon, vous n'avez plus qu'à signer votre déposition après l'avoir relue.

Le meurtrier se plongea dans cette lecture. C'est à ce moment qu'Hübner se leva et allant à Rudolf lui tendit une paire de gants :

— Vous les avez oubliés dans le bureau du commissaire...

Rudolf sans autrement lui prêter attention, répondit :

— Ils ne sont pas à moi, je n'ai jamais porté de gants.

— Sauf pour étrangler Annelore et les autres ?

— Pardon ? Ah ! oui, bien sûr...

— Et où sont les gants que vous portiez alors ?

— J'ai dû les laisser chez moi.

— Non, je me suis rendu à Dorfkrug et votre mère m'a confirmé ce que vous venez de me dire : vous n'avez jamais porté de gants.

Schwenke ne comprenait rien à l'attitude d'Otto, mais un espoir fou lui faisait battre le cœur. Rudolf s'énervait :

— Je les aurai jetés dans le parc, hier soir !

— On ne les a pas trouvés dans le parc !

— Alors, c'est que je m'en suis débarrassé ailleurs !

— Où les avez-vous achetés ?

— Dans un magasin des Colonnades.

— Quand ?

— Mais je n'en sais rien ! Je ne me souviens plus !

— Quelle pointure gantez-vous ?

— Quelle pointure ?... A la fin du compte, où voulez-vous en venir ?

— A prouver que vous vous accusez de crimes que vous n'avez pas commis.

Il y eut un instant de stupeur. Belen, les yeux ronds, regardait son collègue, se demandant s'il ne se fichait pas du monde. Schwenke, chancelant, s'était levé et s'approchait d'Hübner. Il ne put que balbutier :

— Otto... Otto... qu'est-ce que tu dis ?

— Je dis que ton fils ment et qu'il n'a pas plus tué Annelore qu'il n'a tué Gertrud ou Grete.

— Mais, mais... hier soir... Eva... elle se trouvait avec lui ?

— Elle ne s'est pas rappelé si Rudolf l'avait assaillie. Elle ne se l'est pas rappelé parce que Rudolf n'a pas porté la main sur elle !

— Mais qui, alors, qui ?

Otto haussa les épaules et, montrant Rudolf :

— Demande-le-lui !

Avant que son père ait pu parler, Rudolf éclata de rire :

— Je comprends que vous tentiez de soulager le chagrin de mon père, monsieur Hübner, mais vous ne pourrez pas démontrer mon innocence...

— Oh ! si...

— Car je suis coupable !

— Oh ! non... enfin, je précise : vous êtes complice de l'assassin, mais vous n'êtes pas l'assassin !

— C'est vous qui le dites !

— Non pas, c'est le registre de votre club qui m'apprend qu'au moment où on assassinait Annelore Erben, vous étiez en train — au nom des supporters — d'adresser un discours aux joueurs de l'équipe première d'Hambourg, qui venait de battre Brême dans l'après-midi. Vous avez même remporté un joli succès, à ce que m'ont dit certains de vos camarades.

Rudolf ressemblait à un boxeur durement touché qui ne peut se remettre sur ses jambes à l'appel de l'arbitre. Effondré, il ne protestait plus. Son père le força à relever la tête :

— Mon petit, je t'en supplie, si tu es innocent, dis-le ? Pense à ta mère, à Ilse, à moi ? Pourquoi veux-tu nous déshonorer ? Pourquoi te sacrifies-tu ? Qui espères-tu protéger ?

— Personne... En admettant même que je n'ai pas assassiné Annelore, j'ai tué les deux autres.

— Pourquoi ?

— Parce qu'on me soupçonnait !

Hübner intervint :

— Stupide ! Personne ne vous soupçonnait ! D'ailleurs, il eût été facile de vous disculper comme je viens de le faire et dans ce cas, pour quelles raisons auriez-vous commis les meurtres suivants ? Comme vous n'êtes pas fou, vous ne pourrez nous fournir aucun motif... Cessez de jouer la comédie, Rudolf Schwenke. Vous connaissez l'assassin, qui est-ce ?

— Je ne sais pas.

Un agent entra pour annoncer à Schwenke :

— Monsieur l'inspecteur, il y a une jeune fille qui mène un raffut de tous les diables en criant qu'elle veut vous voir tout de suite !

— Faites-la venir.

L'agent se retira et, presque aussitôt, Ilse se précipita dans le bureau. Sans saluer personne, elle courut à Rudolf et l'embrassa :

— Ils ne t'ont pas fait de mal, au moins ?

Sans attendre de réponse, Ilse se redressa et, se tournant vers Helmut, lui lança haineusement :

— C'est vous encore qui avez machiné tout ça, n'est-ce pas ? Votre femme m'a raconté... Vous êtes donc un monstre ? Rudolf n'a tué personne et vous le savez bien !

— Nous ne le savons que depuis quelques instants, quoiqu'il s'entête à prétendre le contraire.

— Ne l'écoutez pas !

— Ilse, si vous êtes au courant de quelque chose, il faut nous le dire maintenant. Rudolf cherche à couvrir quelqu'un. Qui ?

— Je l'ignore...

— Vous avez un joli bracelet, mademoiselle.

La réflexion était si incongrue en un pareil moment que tous les acteurs de cette scène se tournèrent vers Hübner avec stupeur. Mais sans se préoccuper de l'émotion des autres, d'une main indiscrète, il manipulait le bijou d'Ilse dont il soulevait ainsi le bras. Il s'agissait d'un anneau torsadé auquel pendaient deux petites breloques. Le policier les regarda de près, puis :

— Ce sont des singes chinois qui symbolisent la sagesse du monde : ne rien voir, ne rien dire, ne rien entendre... Il vous manque celui qui se bouche les oreilles ?

— Je ne l'ai jamais eu.

— Vous devez vous tromper, car il y a encore l'anneau où il était attaché...

— Ah ! oui, je me rappelle ! Je l'ai perdu un

jour de l'été dernier, quand je suis allée avec Rudolf à Kiel.

— Vous devez encore vous tromper, mademoiselle, car je l'ai trouvé.

Et, mettant la main dans sa poche, il en sortit un petit singe pareil aux autres.

— C'est bien le vôtre, n'est-ce pas ?

— Oui... je crois... je vous remercie...

— Et vous ne me demandez pas où je l'ai trouvé ? Vous n'êtes vraiment pas curieuse ?

— Je vous demande pardon... Où l'avez-vous trouvé ?

— Près du corps de Grete Schlisser, où vous l'avez perdu quand vous avez étranglé cette malheureuse !

— Vous êtes fou !

— Que non !... Voyez-vous, quand un garçon risque sa tête pour sauver quelqu'un, ce ne peut être qu'une personne proche de lui et qu'il aime. Ce n'est pas son père, évidemment, que votre fiancé protège, ni sa mère, qui n'avait pas la force pour étrangler des femmes offrant de la résistance, mais vous ! Car vous l'avez, cette force ! D'ailleurs, Rudolf n'a pas songé, tout à l'heure, à vous demander pardon... parce qu'il savait que c'était vous ! Excusez-moi, Rudolf, mais je ne pouvais pas vous permettre de porter votre tête au bourreau.

Helmut ne reconnaissait plus Ilse dans cette fille solide, brutale, qui attaquait durement Hübner.

— Vous ne pouvez rien prouver !

— Rien que cette phrase est un aveu... et, croyez-moi, maintenant que nous savons que Rudolf n'est pas coupable, nous finirons par lui faire dire la vérité. Pourquoi ne pas lui éviter des moments désagréables puisque, de toute façon, vous l'avez perdu ? Vous avez tué pour rien, Ilse...

Ilse regarda Rudolf complètement abattu, puis Schwenke, puis Hübner, arrêta les yeux sur Belen et comprit que toute résistance était devenue inutile. Elle haussa les épaules :

— C'est bon. J'avoue... J'ai surpris Rudolf un après-midi avec Annelore. Je le trouvais bizarre depuis la veille. Il avait l'habitude de m'emmener aux matches de football. Ce jour-là, il a refusé sans me donner de raison valable. Je l'ai suivi en taxi lorsqu'il a cru m'avoir déposée chez moi. Je l'ai retrouvé dans les jardins de l'Aussenalster avec cette fille. Je les ai abordés en l'appelant par son prénom et c'est ainsi que j'ai tout gâché. Si seulement il avait eu assez de courage, assez de confiance en moi pour tout m'avouer, nous nous en serions sortis. Comment pouvais-je deviner qu'il usait d'un faux nom ? Quand elle m'a entendu l'appeler Rudolf, elle m'a ri au nez en s'exclamant : « Vous vous trompez, mademoiselle, c'est Joachim ! » Je n'ai pas réfléchi parce que la colère m'emportait et j'ai crié : « Vous n'allez quand même pas m'apprendre à reconnaître mon fiancé, Rudolf Schwenke ? » Alors, c'est elle qui s'est mise à crier : « C'est vrai que tu t'appelles Rudolf Schwenke ? Tu es le fils de l'inspecteur ? » Et comme celui-là répondait pas l'affirmative, elle nous a dit : « Eh bien ! maintenant, je suis sûre qu'il m'épousera, car je parlerai à son père s'il ne vient pas chez moi ce soir, avant vingt-trois heures, pour fixer la date de notre mariage ! Et je suis certaine que son père l'obligera à m'épouser ! Et s'il refuse encore, vous pouvez compter sur moi pour aller faire un drôle de scandale là où il travaille ! Je le regrette pour vous, mademoiselle, mais j'ignorais votre existence et je ne peux pas vous laisser la place, car j'attends un bébé de ce monsieur ! » Après, elle est partie, persuadée qu'elle avait gagné la partie. Affolé, Rudolf m'a demandé de lui pardonner. Nous avons discuté longtemps et, finalement, décidé que je verrais Annelore le soir à sa place. J'essaierais d'obtenir son renoncement, même si je devais lui offrir toutes mes économies. Le soir, j'ai guetté à la porte de l'hôtel le moment où le patron s'éloignerait et je suis montée la voir. Quand je lui ai offert de l'argent, Annelore m'a ri au nez. Alors, la colère m'a prise et je l'ai saisie par le cou. Je n'avais pas l'intention de la tuer, mais je suis forte. Quand je me suis rendu compte de ce que j'étais en train de faire, elle était déjà morte. J'ai tout avoué à Rudolf le lendemain. Il a été saisi de panique. Il a modifé son attitude à l'égard de son père, au risque d'exciter sa curiosité. C'est lui qui m'a appris que Gertrud Torner pouvait être un témoin dangereux et j'ai tué Gertrud de la même façon qu'Annelore, mais habillée en homme. Je ne pouvais plus reculer. C'est aussi Rudolf qui m'a téléphoné à mon bureau pour m'annoncer que vous partiez à la recherche de cette Grete Schlisser. Je suis arrivée cinq minutes avant vous au Parc zoologique, mais le temps que vous avez perdu au restaurant m'a donné la possibilité de tuer cette imbécile et de filer du côté par où je savais que viendrait Rudolf, comme nous en avions convenu. Quand il m'a parlé d'Eva Rinding, je n'ai pas été inquiète. Je prenais goût à la chose. J'ai tout préparé et j'ai convenu avec Rudolf de l'endroit choisi. Il m'a téléphoné du *Titen Kabaret* pour me dire qu'ils ne tarderaient pas. Malheureusement, je ne pouvais prévoir que vous seriez avertis et j'ai manqué mon coup de peu. C'est dommage ! Toutes ces filles, à part peut-être Grete Schlisser, n'étaient guère intéressantes. Je ne regrette rien, puisque je me suis battue jusqu'au bout.

Hübner avait ramené chez lui son vieil ami, qui n'osait pas réintégrer sa demeure pour annoncer à Adda qu'elle n'avait plus de fils et qu'Ilse, elle aussi, ne sortirait plus jamais de prison. Pendant qu'Helmut s'installait dans un fauteuil, Otto sortit une bouteille et deux verres.

— Un genièvre de derrière les fagots... Il me vient de Lübeck... Rien de mieux à faire que de se soûler...

Avant de boire, Schwenke demanda :

— Tu avais deviné depuis longtemps ?

— Non, je croyais que c'était Rudolf.

— Comment as-tu été amené à penser à lui ?

— La manière nouvelle dont il se conduisait tout d'un coup envers toi, les cent marks qu'il t'offrait, sa présence au cimetière, la mort de Grete qui ne pouvait avoir été alertée que par lui... et puis, surtout, mon esprit bizarre qui me poussait à penser en te voyant te désespérer de ne pouvoir trouver le meurtrier : « Et si c'était son fils, il en ferait une tête ! » Naturellement, il s'agissait d'une blague et puis, au fond de moi, cette idée-là s'est mise à proliférer... Par jeu, d'abord, je me suis pris à réfléchir sur l'attitude de Rudolf envisagé sous l'angle du coupable... Mais, franchement, je n'y croyais pas tellement. Ce ne fut que le meurtre de Grete qui m'obligea à envisager cette solution... J'ai ramassé le petit singe sans te le montrer, car je m'imaginais qu'il appartenait à ton fils. Je me suis mis alors à enquêter sérieusement et c'est ainsi que j'ai su qu'il avait un alibi parfait pour l'heure où l'on tuait Annelore. Je ne comprenais plus et j'ai encore moins compris, hier soir, quand on a trouvé la breloque du club dans la main d'Eva Rinding. Pour moi, il n'était pas possible que le meurtrier d'Annelore ne fût pas l'auteur des autres crimes et, sachant que ce ne pouvait être Rudolf, je me doutais que c'était quelqu'un le touchant de près, quelqu'un dont il se révélait le complice. Qui ? Un ami ? Pas possible... il y a des responsabilités qu'on n'assume pas pour un ami à son âge. Je dois dire qu'une seconde, j'ai songé à toi, car j'envisageais les solutions les plus absurdes... à ta femme ensuite... Mais pour quelles raisons aurait-elle commis ces crimes ? Pour défendre quelqu'un contre Annelore ? C'est à ce moment que j'ai songé à l'enfant qu'elle attendait et dont Rudolf devait sûrement être le père. J'ai été ainsi amené à envisager la culpabilité d'Ilse, assez forte pour étrangler n'importe quelle femme et d'allure assez masculine pour porter un costume d'homme sans se faire remarquer. Je suis allé au bureau d'Ilse et j'ai appris qu'elle s'était absentée durant l'après-midi où on a tué Grete. J'ai amené l'une de ses collègues à parler de son bracelet aux trois singes. C'était bouclé. Faire de la fiancée de ton fils la meutrière expliquait tout. Voilà, mon vieux.

— Voilà... Rudolf est en prison, Ilse également et je reste seul avec Adda.

Ils burent.

— Et tu n'aurais rien dit, Otto, si, hier, on n'était pas tombé sur eux ?

— Je ne sais pas. Nous n'avons plus les mêmes idées là-dessus.

— Non, moi, je suis un imbécile... un honnête imbécile... qui a un bagnard pour fils.

— Essaie de ne plus y penser.

Ils burent encore pour tenter de ne plus songer à Rudolf, à Adda, à Ilse et aux filles assassinées. Helmut, déjà un peu gris, soupira :

— Mon Dieu ! pourquoi ne suis-je pas resté à Voronej ?

— Je te l'ai répété souvent, on aurait dû rester là-bas avec les camarades...

— Notre seule consolation, maintenant, est qu'on ne tardera plus beaucoup à les rejoindre.

— Ils étaient notre vraie famille. On a eu tort de revenir. Faut jamais revenir, Helmut...

Ils se turent, repris par leurs souvenirs.

— Otto, tu te rappelles, le caporal Siegfried Vergengrün, celui de la deuxième ? Le grand rouquin qui nous parlait toujours de ses vaches ?

Bien sûr, qu'il se le rappelait Otto Hübner. Ni l'un ni l'autre n'oublieraient jamais la guerre, où ils avaient tout perdu. Ils se lancèrent dans le passé, reprenant les chemins d'épouvante menant aux batailles perdues. L'alcool qui les enfiévrait redonnait une actualité angoissante aux faits vieux de plus de treize ans qu'ils évoquaient. A leur appel, des morts, dont les noms s'estompaient déjà dans les mémoires, revenaient leur tenir compagnie. Ils en parlaient comme de vivants...

## CHAPITRE X

L'aube n'était pas loin lorsque l'inspecteur Schwenke quitta la demeure d'Otto Hübner. Sitôt dans la rue, il retrouva sa peine qu'il avait oubliée en s'enfuyant dans le terrible autrefois. L'air froid de ce commencement de jour le dégrisa. L'exaltation passée, il se sentait de nouveau seul et misérable. Il redoutait d'affronter Adda et ses reproches. Comment allaient-ils faire pour vivre maintenant ? Un taxi qui regagnait son dépôt d'Altona accepta de le mener jusqu'à Dorfkrug. Il se fit arrêter à une centaine de mètres de chez lui. Il attendit que l'auto se fût éloignée pour s'approcher doucement de sa maison. Il souhaita qu'Adda soit endormie, mais il ne se faisait guère d'illusion : comment pourrait-elle dormir en sachant Rudolf en prison ? Aucune lumière ne filtrait entre les volets clos. Il l'imagina assise dans son fauteuil et pleurant dans l'obscurité. Sa gorge se serra. Il prit la petite allée conduisant de la route à sa grille. Il introduisit la clé dans la serrure, ouvrit la porte, tendit l'oreille. Il ne perçut aucun bruit et referma le plus silencieusement qu'il put. Si seulement Adda pouvait dormir !... Il décida de passer le reste de la nuit dans un fauteuil du salon pour ne pas entrer dans la chambre où sa femme reposait. Il alluma l'électricité dans l'entrée pour se déshabiller et, sur la tablette, il aperçut une enveloppe qui portait en suscription : « Pour toi, Helmut. » Les mains tremblantes, il déchira l'enveloppe, prit la feuille de papier qu'il déplia lentement et lut :

*Helmut, je m'en vais. Je rentre à Lübeck. Ne viens pas tenter de me parler, je ne te recevrai pas. Tout est fini entre nous. Tu as tué mon fils et, du même coup, tu as tué tout ce qui pouvait encore nous unir. Je veux vieillir loin de toi et je te défends de venir à mes obsèques si je meurs la première. J'ai pris la moitié de nos économies. Je te laisse la maison et les meubles. Adieu.*

Adda HOFFSORFER.

Pour signer, elle avait repris son nom de jeune fille, soulignant par-là qu'elle n'avait plus rien de commun avec les Schwenke. L'esprit ailleurs, Helmut remit avec beaucoup de soin la lettre dans l'enveloppe. Voilà. Il était au même point qu'Otto Hübner maintenant. Il monta dans la chambre et vit le lit d'Adda pas défait, l'armoire à moitié vide.

Il sentit autour de lui cette atmosphère d'abandon que l'on respire dans les maisons désertées. Par association d'idées, il se revit dans la plaine de Voronej, couché au milieu des morts et appelant à l'aide. On n'échappe pas à son sort. Là-bas, il avait cru tromper le destin lorsque les brancardiers le couchèrent sur une civière, mais, en vérité, il n'avait fait que reculer l'heure de l'échéance.

Helmut Schwenke regarda autour de lui et, se laissant tomber sur son lit, porta vivement la main à sa bouche pour étouffer le cri d'angoisse, le hurlement d'appel qui montait du plus profond de lui-même, comme dans la nuit de Voronej... A quoi bon crier ? Nul ne viendrait à son secours.

Maintenant, l'inspecteur savait qu'il mourrait seul.

FIN

IMPRIMÉ EN FRANCE PAR BRODARD ET TAUPIN
7, bd Romain-Rolland - Montrouge - Usine de La Flèche.
ISBN : 2 - 7024 - 0087 - 6